KB046657

책은 꼭 끝까지 읽어야 하나요?

책은 꼭 끝까지 읽어야 하나요?

내 맘대로 읽어도 술술 읽히는 독서의 비밀

변대원 지음

북바이북

일러두기

- 이 책을 처음 읽을 때는 순차적으로 읽기를 권합니다.
- 이 책을 다시 읽으실 때는 필요한 장만 읽어도 됩니다.
- 개별 장만 읽어도 충분히 이해되도록 구성했기에 일부 내용은 다소 반복적으로
  설명됩니다.
- 이 책에 소개된 독서법을 책에 바로 실습할 수 있게 구성했습니다. 필요한 부분은 접고,
  메모하고, 밑줄을 긋는 등 자유롭게 읽어보세요.

늘 책을 가까이하시는 사랑하는 어머니께

이 책을 바칩니다.

당신은 책과 눈이 맞아본 적이 있습니까?

서점에 들르면 순식간에 표지와 제목에 눈이 맞는 책을 만나는 경우가 있습니다. 책을 집어 들고 저자의 이력을 보고 목차를 읽어보는 순간 마치 오랫동안 내가 찾았던 바로 그 책이었던 적 없나요? 남녀 간에 눈이 맞으면 사랑이 시작되듯 책과 눈이 맞는 순간 나는 책으로 빨려 들어갑니다. 그런 책은 읽지 않고 읽어버립니다. 아니 읽고 말았던 책입니다. 하지만 눈길과 손길이 책이 아닌 스마트폰으로 가는 시대, 사이책방의 주인 변대원 대표가 쓴 《책은 꼭 끝까지 읽어야 하나요?》는 한눈에 반해 책을 잡는 순간 처음부터 끝까지 읽고 말았습니다. 중간에 읽다가 그칠 수가 없어서 읽어버렸습니다.

책을 잘 안 읽는 이유는 여러 가지입니다. 시간이 없어서가 가장 흔한 이유입니다. 재미가 없어 읽히지 않고, 읽어도 무슨 이야기인지 이해되지 않아서 읽지 않습니다. 책은 한번 읽기 시작하면 끝까지 읽어야 된다는 고정관념이 쉽게 책과 눈을 맞추지 못하는 또 다른 장벽 아닐까요.

사실 책을 읽는 행위는 '책을 읽는 재미를 읽는 놀이'입니다. 저자는 책을 읽지 말고 책 읽는 재미를 읽으라고 합니다. 독서를 시작하지 못하는 최대 장벽은 바로 책은 일단 읽기 시작하면 끝까지 읽어야 한다는 강박관념입니다. 하지만 우리가 신중하게 생각한 끝에 사람을 만나도 그에게 실망할 수 있듯 책도 마찬가지입니다. 누군가에게 추천을 받았지만 그 책은 나에게 도무지 무슨 의미와 가치가 있는지 잘 이해되지 않는 경우가 많습니다. 책은 마음속의 위기의식과 만나야 나에게 스펀지처럼 빨려들고 나 역시 저자가 안내하는 미지의 세계로 순식간에 빨려 들어갑니다. 추천받은 책, 재미있을 듯해 산 책이라도 무조건 끝까지 읽을 필요는 없습니다. 읽다가 재미없으면 얼마든지 그만 읽어도 된다고 생각해야 합니다. 저자 역시 자신의 숱한 독서 실패 경험을 토대로 "마음에 들지 않는 책은 다 읽지 않아도 된다"고 주장합니다. 책과 눈을 맞추는 한 가지 방법은 숙제하듯 의무로 읽기보다 진짜 나를 만나는 축제를 즐기는 재미로 읽어야 합니다.

재미없는 독서는 눈길이 한 군데로 쏠리지 않고 자꾸 책 밖의 세계로 빠집니다. 책이 눈 밖에 나기 시작하지요. 내가 고민하는 화두, 내 삶을 괴롭히는 골칫거리를 끌어안고만 있지 말고 서점 여행을 떠나보면 어떨까요? 베스트셀러 코너를 둘러보며 책 표지, 제목과 눈을 맞춰보기도 하고 분야별 신간 코너에 가서 저마다의 색깔로 나를 유혹하는 책과 눈길을 주고받아봅시다. 어느 순간 어떤 책이 나를 선택한다는 생각이 듭니다. 우연히 만난 그 책을 들고 이제 책이 안내하는 즐거움의 세계로 빠져들어 주체적으로 읽기 시작합니다. 마음속에 와닿는 문장에는 지체 없이 밑줄도 긋고 잠시 생각하면서 나에게 던져주는 의미가 무엇인지를 생각해보고 기록할 때 삶을 변혁시키는 중요한 시사점도 얻을 수 있습니다. 감명 깊었던 책을 다시 읽으면서 내 삶이 어떻게 바뀌고 있는지를 생각하고 실천하는 독서가 바로 이 책의 저자가 말하는 정서재행正書再行 독서법이라고 생각합니다.

결국 독서의 완성은 읽기를 마치는 순간이 아니라 읽고 기록한 바를 실천에 옮기는 순간입니다. 저자가 읽기의 마지막 단계를 행독行讀, 즉 행동하는 독서에 두는 중요한 이유입니다. 책을 많이 읽는 사람을 부러워할 것이 아니라 책을 읽고 자신의 삶과 공동체의 삶을 변화시켜나가는 실천적 독서가를 부러워해야 합니다. 독서는 위험한 생각을 유발하고, 혁명을 불러일으키는 과감한 결단을 촉구하며, 마침내 두려움에 맞서는 용기 있는 행동으로 이어지게 만듭니다. 실천하지 않는 지식은 천박한 잡식雜識에 불과합니다. 책으로 얻은 각성이 내 삶을 변화시키는 깊이 있는 성찰로 이어질 때 책은 관념적 지식의 창고倉庫에서 실천을 통해 지혜를 낳는 신념의 보고寶庫로 전환됩니다. 저자도 같은 맥락에서 독서의 중요성을 실천과 연관 지어 강조합니다. "아무리 많은 책을 읽었다 하더라도 내가 읽은 것이 머리에만 있을 뿐 그것이 삶을 관통해 행동으로 이어지지 않는다면 아무런 의미가 없습니다. 오직 실천한 지식만이 온전한 지식입니다." 진정한 사상은 실천을 매개로 몸에 각인된 신체적 신념입니다.

아무리 좋은 책이 많아도 나와 눈이 맞지 않는 책은 종이 위에 새겨진 활자의 나열에 지나지 않습니다. 이 책의 부제, 「내 맘대로 읽어도 술술 읽히는 독서의 비밀」이 시사하는 바와 같이 『책은 꼭 끝까지 읽어야 하나요?』는 처음 독서를 시작하려는 사람, 책을 읽어야겠다고 다짐을 너무 많이 해서 마음에 짐이 생긴 사람에게 독서의 흥미를 돋우는 지침서임에 틀림없습니다. 나아가 책을 읽고 있지만 이전과 다르게 읽고 싶은 사람과 책으로 내 삶에 의미 있는 변화를 일으키고 싶은 독자에게 필독서가 아닐 수 없습니다. 책이 던져주는 무한한 즐거움의 바다에 빠지고 싶은 이에게 이 책은 한번 빠지면 헤어 나올 수 없는 독서의 즐거움을 선사하리라 생각합니다. 여러분의 독서 여정에 이 한 권의 책이 위대한 뇌물腦物, 뇌를 말랑말랑하게 해주는 선물이 될 수 있음을 믿어 의심치 않습니다.

지식생태학자 **유영만**
한양대학교 교수, 『독서의 발견』 저자

이 책은 당신과의 연애를 기다립니다

저는 책을 좋아합니다. 그런데 유독 책을 읽는 게 힘들었어요.

한 권을 읽는 데 보통 일주일이 걸렸고, 한 달 동안 다 못 읽는 경우도 많았습니다. 늘 책을 잘 읽고 싶었어요. 속독하는 분을 만나면 정말 부러웠죠.

'나도 정말 빨리 읽고 싶다.'
'어떻게든 책을 잘 읽고 싶다.'

그래서 지금은 어떻게 되었냐고요?

제법 잘 읽게 되었어요. 속독으로 하루에 네다섯 권 이상의 책을 거뜬히 읽어내기도 하고, 정말 좋은 한 권의 책을 발견하면 낭독하고 필사하면서 몇 달 동안 읽기도 합니다. 서점에서 20분 만에 한 권을 뚝딱 읽는가 하면, 읽었던 책이 너무 좋아서 한 달 내내

들고 다니며 다섯 번이고 여섯 번이고 다시 읽기도 합니다.

이렇게 책을 읽을 수 있으면 '책에서 자유로워진 상태'라고 말할 수 있습니다. 책에서 자유로워진 사람만이 책을 통해 진정한 자유를 누릴 수 있습니다. 이러한 자유는 의외로 작은 경험의 차이에서 비롯됩니다.

제가 발견한 건 단순합니다. 독서가 매우 입체적 활동이라는 사실이에요. 단순히 책을 읽는다고 그 안에 담긴 것을 다 알 수 있을까요?

분명히 읽어도 기억나지 않는 부분이 더 많아요. 그렇다고 해서 책을 읽어봐야 소용없다고 말하기도 힘들죠. 분명 아주 오래전에 읽었음에도 잊히지 않은 문장이 있고, 바로 지난주에 읽었는데도 내용이 생각나지 않는 책도 있다는 건 참 이상한 일 아닌가요?

우리가 언제 어디서든 쉽게 사용하거나 꺼내 보일 수 있는 가용지식은 어떻게 만들어질까요? 당장 누군가에게 설명할 수 있을 만큼 체계화된 지식은 아니지만, 들으면 알고 있다는 생각이 드는 잠재지식은 어떻게 형성될까요? 그렇게 내가 모르는 미지의 세상과 내 지식의 경계를 확장해나가는 것은 어떤 의미가 있을까요?

어서 책 잘 읽는 방법이나 가르쳐주지 왜 이렇게 질문이 많냐고요? 많은 질문이 우리를 진정한 생각의 길로 이끌어주기 때문이에요. 삶의 길은 명쾌한 답보다는 풀기 힘든 질문에서 발견되는 법이지요.

이제 우리가 막연하게 알고 있는 독서에 대해 정확하게 다시 질문해볼 때입니다.

모든 책을 다 빨리 읽을 수 있으면 좋기만 할까요?

책을 단지 많이 읽기만 하면 좋을까요?

사람들이 좋다고 하는 책은 꼭 다 읽어야 할까요?

오랫동안 읽었는데도 기억나지 않는 책과 잠깐 읽었는데도 잊히지 않는 책은 어떤 차이가 있을까요?

이 책은 독서가 힘들게 느껴져 시작조차 못 하는 분들, 열심히 독서를 하고는 있지만 즐겁게 하지 못하는 분들을 위해 쓰였습니다. 이러한 독자들이 느끼는 어려움의 원인은 무엇인지 짚어보고 나름의 답을 제안하고자 합니다. 물론 제안일 뿐입니다. 저마다 자기만의 답을 가지고 있으니까요. 제가 바라는 건 여러분이 이 책을 통해 독서와 책에 대해 느꼈던 많은 질문에 스스로 답을 찾기를 바라는 것입니다. 자, 그렇다면 이런 질문부터 시작해보면 어떨까요?

'나는 왜 책을 읽지?'

차례

1장 책은 왜 읽기 힘들까?
—— 원인을 읽다

2장 독서에 대한 편견을 깨뜨리다
—— 고정관념을 읽다

부록

- 독서 연애지수 테스트
- 정말 읽고 싶은 책들
- 나의 시공간 발견하기
- 나의 독서 수준 점검표
- 참고 자료

1장

책은 왜 읽기 힘들까?

원인을 읽다

책 읽기가 그토록 힘든 이유

책을 왜 읽는가, 무엇을 읽어야 하는가,

도대체 어떤 책이 재미있는 책인가 등 지금까지는

별로 생각하지 않았던 문제들이 기다리고 있다.

– 도야마 시게히코

보통의 사람들은 책을 많이 읽어야 한다고 생각합니다. 책을 많이 읽으면 좋다는 걸 모르는 사람은 거의 없죠. 왜 알면서도 많이 안 읽을까요? 그건 책이 재미없기 때문입니다. 책 자체가 재미 없다는 말이 아니라, 책을 재미있게 읽는 방법을 터득하지 못했기 때문에 읽어도 재미가 없는 거죠.

많은 독서법 관련서들을 읽어보면 책을 왜 읽어야 하는지 너무나 잘 설명되어 있습니다. 그래서 저는 책을 '왜 읽어야 하는가'보다는 '왜 읽지 못하는가'를 설명하는 것에서부터 이야기를 풀어보려고 합니다.

책은 어쩌다 '노잼'의 대명사가 되었나

왜 책이 재미가 없을까요? 독서를 '공부'라고 생각하기 때문이죠. 독서를 놀이가 아니라 숙제라고 느끼는 겁니다.

그럼 공부는 왜 힘들까요? 내가 하고 싶어서 하는 게 아니라 누군가가 시켜서 하기 때문이죠. 공부든 독서든 해야 하는 줄은 알지만 재미있게 하긴 어렵습니다.

책은 콘텐츠입니다. 콘텐츠의 본질은 '재미'죠.

우리가 음악을 듣는 이유는 즐겁기 때문이잖아요. 영화를 보는 이유는 영화가 재미있기 때문이죠. 웹툰을 보거나 게임을 하는 이유 역시 마찬가지입니다.

책도 똑같습니다. 책은 원래 재미있는 콘텐츠입니다. 그렇기에 억지로 보는 것이 아니라 설레어하고, 느끼고, 누려야 하는 대상이죠. 다만 애석하게도 지금까지 받아온 교육이, 그리고 지금 아이들이 받고 있는 교육이 우리를 책에서 멀어지게 만들었어요. 독서의 즐거움을 발견해주기보다 그저 정해져 있는 답만 잘 외우고, 그걸 찾아내라고 강요받았지요. 책은 대학 입시와 취업이라는 '목적 달성을 위한 수단'이 되어버렸어요. 이 때문에 대다수 사람들 잠재의식에는 '이제 더 이상 책 같은 건 보고 싶지 않아'라는 마음이 자리 잡고 맙니다. 영화나 음악처럼 우리가 자발적으로 보고 싶고 듣고 싶은 걸 선택하고 그것을 즐길 수 있었다면, 책을 즐기는 사람이 훨씬 더 많을 겁니다.

콘텐츠의 또 다른 본질은 '의미'입니다. 책을 많이 읽다 보면 그 의미를 알 수 있지만, 책을 처음 읽을 때는 의미보다 재미가 더 크게 작용합니다.

책을 많이 읽으려면 우선 책이 재미있어야 합니다. 책이 주는 즐거움을 느낄 수 있으면, 자연스레 더 많이 읽게 됩니다. 책이라는 콘텐츠로 쾌락 중추를 자극하는 경험을 반복하게 되면, 배고프면 밥을 먹듯이 독서는 당연한 일상이 될 것입니다.

일반동기 vs 순간동기

우리가 무언가를 해야겠다고 마음먹을 때 그런 행동을 유발하는 동기가 있어요. 이 동기에는 '일반동기'와 '순간동기' 두 종류가 있습니다.

일반동기는 '책을 읽어야지' '운동을 해야지' '공부를 해야지' 식의 이성을 기반으로 한 것입니다. '이걸 하는 게 나한테 도움이 되고 좋으니까 나는 이걸 해야겠어'라고 생각하는 거죠. 문제는 일반동기는 힘이 좀 약하다는 거예요. 반드시 '의지'라는 친구가 필요합니다. 강한 의지가 없는 사람은 실천하지 못하는 것이 바로 일반동기지요.

반면에 일반동기보다 힘이 훨씬 센 동기가 있는데요, 바로 순간동기입니다. 순간동기는 길을 가다가 빵집 근처를 지나갈 때

고소한 냄새를 맡는 순간, '아, 맛있겠다' '먹고 싶다' 식으로 일정한 순간 즉각 나타나는 동기를 말합니다. 이런 순간동기는 어떤 경험이 우리 뇌의 쾌락 중추를 자극한 적이 있을 때 발동되지요. 순간동기는 달성이 아니라 충족하는 개념이라고 보는 편이 더 정확할지도 모르겠어요. 동기의 뿌리에 욕구가 자리 잡고 있기 때문이지요.

순간동기는 욕구를 기반으로 하고 있기 때문에 행동으로 이어지는 데 특별한 저항이 없습니다. 하지만 일반동기는 의지를 요구하기 때문에 자신의 의지력을 좌우하는 여러 가지 조건에 상당한 영향을 받습니다. 비단 독서뿐만 아니라 모든 습관이 형성될 때도 마찬가지입니다.

매일 1시간씩 운동해야 해
책을 많이 읽어야 해!   → 일반동기
_____
저 케이크 먹고 싶다
이 책 읽고 싶다!   → 순간동기

어릴 때 즐겨 읽던 만화책이나 추리소설 혹은 무협지 등을 떠올려보세요. 수십 권의 만화책이 쌓여 있다고 마음에 부담을 느꼈나요? 아니면 큰 만족감을 느꼈나요? 그 재미있던 책을 한참 읽다가 오른손 엄지손가락으로 잡히는 책의 두께가 얇아지는 것을 느

낄 때 '이제 조금만 읽으면 다 읽겠다!'라는 해방감을 느꼈나요? 아니면 '어, 벌써 끝나면 안 되는데?'라는 아쉬움을 느꼈나요? 그 시절 재미있게 책을 읽던 느낌과 지금 여러분이 책을 읽을 때의 기분은 왜 다를까요?

사람들은 막연하게 '많이 읽어야 한다'는 강박에 시달리기만 할 뿐 정작 읽지는 않습니다. 마치 다이어트를 하는 사람이 '살을 빼야 한다'는 강박에 살면서도 적게 먹겠다는 결심만 할 뿐 맥주와 치킨 앞에서 무력해지는 것과 비슷한 맥락입니다. 앞에서 설명한 것처럼 일반동기는 있지만, 순간동기가 없는 상태인 셈입니다.

정말 책을 좋아하고 즐기는 사람은 '읽고 싶다'라는 욕구에 의해서 책장을 펼칩니다. 결코 어떤 의무감에서 책을 읽는 게 아니지요. 만약 독서가 재미있어진다면, 그땐 어떤 일이 벌어질까요? 누가 읽으라고 말하지 않아도 알아서 읽게 됩니다. 왜냐하면 책 읽는 행위의 즐거움이 뇌에 고스란히 남아 있다가 그런 비슷한 상황이나 환경에 노출되면 '읽고 싶다'라는 순간동기를 자연스럽게 만들어주기 때문이죠.

현대인은 스마트폰과 뜨겁게 연애 중인데요, 심지어 연인을 만났을 때도 서로 스마트폰만 쳐다보고 있는 시간이 많다고 하니 정말 하루 중에 가장 많은 시간을 함께하는 동반자가 그 휴대 기기 아닐까 싶어요.

왜 그런 걸까요?

스마트폰이 재미있기 때문입니다. 메신저를 통해 타인과 끊임없이 대화할 수 있고, 여러 애플리케이션으로 콘텐츠를 무궁무진하게 접할 수도 있습니다. 게임을 할 수도 있고, 유튜브를 통해 영상을 볼 수도 있으며, SNS를 통해 친구들의 일상을 엿볼 수도 있지요. 이런 행동들을 하게 되는 원인은 재미가 있기 때문입니다. 어떤 일이 재미있으면 그때마다 순간동기가 유발돼 반복하게 되지요. 그렇게 반복하는 시간이 많아지면 그 행동은 습관이 됩니다. 습관이 되어버린 후에는 재미가 있든 없든 무료한 일상을 달래주는 하나의 관성이 돼요.

책도 다르지 않습니다. 책에도 무궁무진한 콘텐츠가 있고, 읽기를 통해 작가들과 대화를 나눌 수 있으며, 영화보다 재미있는 이야기를 만날 수도 있고, 무엇보다도 책을 통해 성장하고 변화하는 나 자신을 만날 수가 있지요. 문제는 그런 만남을 통해 제대로 된 재미를 느껴본 적이 없다는 거예요. 만약 어떤 식으로든 재미를 맛보게 되면 얼마든지 독서도 습관이 될 수 있습니다. 일반동기와 의지력을 가지고도 독서 습관을 만들 수 있지만, 결코 쉬운 일은 아니거든요.

따라서 독서 자체보다 재미를 발견하는 것이 우선입니다. 책이 주는 즐거움을 느끼면 책과 한결 친해지거든요. 만나면 늘 즐거운 친구를 사귀는 일이 독서이지요. 책이라는 친구와 친해지고 나면 편하게 말도 걸고, 같이할 수 있는 일이 많아지고, 결정적으로 정말 좋다고 느끼는 순간을 만날 수 있습니다.

여러분도 분명 재미있게 읽은 책이 있을 거예요. 그때의 기분을 한번 떠올려보세요. 사람들은 책을 읽기 싫어하는 게 아닙니다. 재미없는 책을 억지로 보기 싫어할 뿐이죠.

책을 많이 봐야 한다는 강박관념은 과감히 버려도 좋습니다. 그저 지금 나에게 필요한 책, 뭔가 끌리는 책부터 다시 재미있게 읽어보세요. 그 책이 당신을 더 놀라운 지적 쾌락의 세계로 인도해줄 겁니다.

마음에 들지 않는 책은 덮어도 된다

나는 셀 수 없이 많은 서점에 다녔고,

서점에 들어설 때마다

첫사랑 같은 열병에 다시 빠졌다.

– 앤 후드

독서와 소개팅의 상관관계

1996년 8월, 장마가 끝나고 무더위가 기승을 부리던 어느 날이었습니다. 저는 부산의 한 남고에 다니고 있었는데요, 하루는 근처 여고를 다니던 친구가 저에게 소개팅을 해보지 않겠느냐고 권했습니다.

무척 설렜어요. 그 전까지 누군가를 짝사랑해본 적은 많았지만, 한 번도 공식적인 교제를 해본 적은 없었거든요. 그래서 고3이라는 '신분의 한계'에도 불구하고 과감히 소개팅을 하기로 했지요.

일주일쯤 뒤에 친구의 주선하에 처음으로 소개팅을 했습니다. 그런데 소개팅으로 만난 친구가 솔직히 그렇게 마음에 들지는 않았어요. 그렇다고 만나지 못할 정도로 싫은 것도 아니었죠.

중요한 것은 저는 그 당시 정말 순진해서 소개팅을 하면 당연히 사귀는 거라고 알고 있었다는 거예요. 특히 첫 연애이기도 했기 때문에 상대가 누군지도 중요했지만, 스스로 연애에 대한 로망이 있기도 해서 참 열심히 남자 친구 역할을 수행습니다.

같이 영화도 보러 가고, 밤마다 전화도 하고, 삐삐로 음성메시지도 남겼어요. 하지만 제가 생각했던 것만큼 설레는 느낌은 많이 없었어요. 그렇게 한 달 정도 지났을 무렵 소개팅을 주선했던 친구에게서 전화가 왔습니다. 그 친구가 다짜고짜 저에게 물어보더군요.

"야, 니 주희가 그렇게 좋나?"

"어…… 사실은 안 그래도 나도 한번 말할라고 했는데, 내가 소개팅을 해서 일단 만나고는 있는데, 그렇게 좋은지는 모르겠다. 그래도 이왕 사귀는 거니까 잘해주고는 있는데 잘 모르겠네."

"야! 니 바보가? 안 좋은데 가를 와 만나고 있노?"

"소개팅해서 만나면 사귀는 거 아니가?"

"아니다. 니 진짜 몰랐나?"

"어 나는 몰랐지. 근데 갑자기 그건 왜 물어보는데?"

"주희가 학교에서 하도 남자 하나가 자기를 쫓아다닌다고 소문을 내고 다녀서 니한테 한번 물어볼라고 전화한 거지."

"맞나? 나는 좀 별론데, 막상 그렇게 얘기 들으니까 별로 기분은 안 좋네? 내가 연락해서 잘 얘기해야겠네."

"으이그, 니 진짜 바보 아이가? 마음에도 안 드는데 소개팅했다고 사귀는 아가 어디 있노?"

"일단 알겠다. 끊어봐."

"그래 알겠다."

친구와의 통화가 끝나고 내용은 기억나지 않지만, 소개팅녀에게 삐삐로 음성메시지 세 통을 남긴 건 확실히 기억이 납니다. 당시에는 음성메시지가 1분을 넘으면 뚜뚜뚜뚜 하는 신호음이 나왔고, 그때 별표를 두 번 누르면 30초를 추가 녹음할 수 있었는데, 그 음성을 다섯 통을 남겼으니 거의 4분 가까이 혼자 장문의 음성메시지를 남긴 셈이지요. 제 짧았던 첫 연애는 그렇게 쓸쓸한 실패의 막을 내리게 됩니다.

갑자기 옛날 이야기를 왜 하냐고요? 이미 눈치 빠른 분들은 짐작하실지도 모르겠습니다.

어느 날엔가 책을 보다가 "마음에 들지 않는 책은 굳이 다 읽지 않아도 된다"라는 구절을 읽게 되었는데요, 그때 불현듯 제 첫 연애가 떠올랐어요. 저는 오랫동안 좋아하지도 않는 책을 억지로 의무감에 읽고 있었거든요.

　마치 소개팅을 하면 무조건 사귀어야 한다고 생각했던 열아홉 살 철부지처럼 20대, 30대에도 좋아하지도, 즐겁지도 않은 책을 끝까지 읽어야 한다는 알 수 없는 책임감 때문에 보고 있었던 거죠. 그날의 깨달음 후로는 즐겁지 않은 책을 억지로 읽어야 한다는 생각을 완전히 버렸습니다.

"마음에 들지 않는 책은 다 읽지 않아도 된다"

　그 구절을 접한 뒤 곧바로 책을 그리 많이 읽진 않았지만, 대신 독서가 재미있어졌어요. 재미없으면 덮고 내가 관심 있는 책만 골라 봤으니 당연한 결과였습니다. 그러던 어느 날, 북카페에서 불과 몇 시간 동안 세 권의 책을 다 읽는 경험을 하게 되었어요. 그때 처음 알았습니다. 나같이 느리게 책을 보던 사람도 어떤 책이냐, 어떤 상황이냐에 따라 얼마든지 빨리 많이 읽을 수 있다는 사실을요.

　그날부터 책에 대해 왠지 모를 해방감을 느꼈어요. 책을 많이 읽어야 한다는 의무감은 사라지고, 그저 '세상엔 참 재미있는 책이 많구나. 더 많이 읽고 싶다'는 욕망이 솟아올랐습니다. 그리고 얼마 지나지 않아서 교보문고에 가서는 다섯 권의 책을 읽었는데, 이미 아침부터 두 권의 책을 읽었던 터라 그날은 처음으로 일곱 권의 책을 읽은 날이 되었지요. 그런 몇 번의 경험이 저에겐 큰 자극이 되었고, 그 뒤로는 오직 나의 기준에 따라 읽고 싶은 책들을 점점 더 자유롭게 읽을 수 있게 되었습니다.

물론 책을 얼마나 많이 봤느냐 안 봤느냐는 본질이 아니에요. 소개팅을 얼마나 많이 해봤는지가 중요한 게 아니잖아요. 누구와 사랑에 빠졌느냐가 중요하지요. 의무로서의 독서가 아니라, 책에서 자유로운 상태에서 스스로 선택한 독서의 즐거움이 얼마나 큰 결과를 낳는지 말씀드리려는 것입니다.

혹시 여러분은 저의 실패했던 첫 연애처럼 마음에 들지도 않는 책과 억지로 연애하고 있지는 않나요? 그런 경험이 쌓이면서 '독서는 역시 재미없는 거야'라고 느끼고 있는 건 아닌가요?

좋은 책이 독서 습관을 망치는 이유

> 기분 좋은 잠과 부담 없는 독서 사이에는
> 밀접한 관계가 있다. 두 경우 모두 심장의 고동이
> 부드러워지고 긴장감이 풀리며, 마음은 침착해진다.
> - 린위탕

여기 두 가지 종류의 책이 있습니다.

「금성출판사 세계문학전집」 60권 세트 (1987년 초판, 절판)
『슬램덩크』 20권 세트 (이우노우에 타케히코, 대원씨아이)

위 도서는 모두가 인정하는 '좋은 책'입니다. 아래 도서의 경우
저는 가장 재미있게 보았던 작품이지만, 그 어떤 (공식적인) 추천
도서 목록에도 들어 있지 않은 장편 만화입니다.

이 두 가지 종류의 책을 어떻게 구분해 설명할 수 있을까요?

저에게 「금성출판사 세계문학전집」은 자기가 직접 구입하는

책이라기보다는 부모님이나 선생님의 권유로 읽거나, 살아가면서 한 번쯤은 읽어야 한다고 권유받는 책이었습니다. 『슬램덩크』는 학창 시절 누군가 신간을 학교에 가지고 오는 날이면 어떻게든 빌려서 단숨에 읽어버리고 못내 아쉬워했던 책이지요.

이 두 가지 종류의 책은 어떤 차이가 있을까요?

새뮤얼 피어폰트 랭글리라는 사람이 있습니다. 1887년 스미스소니언 협회장을 지냈으며, 하버드 천문대 부대장을 역임했고, 미 해군사관학교에서 수학 교수로도 재직한 인물이지요. 미 육군성으로부터 전폭적인 지원을 받아 중요한 연구를 하기도 했습니다. 그의 프로젝트에 동원된 연구원은 300여 명에 이르렀고, 그중에는 시험비행 조종사인 찰스 맨리와 뉴욕 최고의 자동차 개발자였던 스티븐 발저가 있었습니다. 이들은 7년 동안의 연구 끝에 두 번의 대규모 실험을 펼쳤지요.

미국 정부의 대대적 지원을 받아 랭글리가 연구했던 것은 비행기였습니다. 고개를 갸웃하는 분도 있을 거예요. 우리는 비행기 하면 라이트 형제를 떠올리도록 교육을 받았으니까요. 네, 맞습니다. 국가적 지원을 받아 대규모 실험을 했음에도 랭글리는 비행기를 띄우는 데에 실패한 반면 자전거 수리공이었던 라이트 형제는 성공했습니다. 이들의 차이는 무엇이었을까요?

랭글리가 원했던 것은 하늘을 날고 싶다는 꿈이나 욕망이 아니었습니다. 그는 자신에게 더 많은 부와 명예를 가져다줄 '업적'을 원했지요. 반면 라이트 형제에게는 '하늘을 날고 싶다'는 꿈이 있었어요. 그들은 그 꿈을 위한 열정이 있었죠. 결국 1903년 12월 17일, 노스캐롤라이나 주 키티호크 들판에서 첫 비행에 성공합니다.

아무리 전폭적인 지지를 받아도 의무적으로 하는 일에는 수동적이 되지만, 누구의 관심이 없는 상황이라도 내가 하고 싶은 일에는 능동적으로 임하게 됩니다.

읽어야 해 vs 읽고 싶어

다시 앞에서 설명했던 두 가지 종류의 책으로 돌아가볼까요.

하나는 '읽어야만 하는 것'이라면, 다른 하나는 '읽고 싶어 죽겠는 것'이지요. 읽어야만 하는 것은 왠지 보기가 싫어집니다. 독서의 동기가 자기 밖에 있기 때문이지요. 반대로 읽고 싶어 죽겠는 것은 누가 시키지 않아도 알아서 잘 봅니다. 그 동기가 내 안에 있기 때문입니다.

어떤 독서가 더 좋은지는 깊이 고민하지 않아도 알 수 있습니다. 책을 읽어야 한다는 의무감과 다짐만으로는 진정한 독서의 즐거움을 느끼기 어렵습니다.

오히려 좋은 책이 독서 습관을 망칠 수도 있지요. 아무리 훌륭한 책이라도 강요받아 읽게 된다면 건강한 독서로 연결될 수 없다는 말입니다. 의무감으로 하는 독서는 오히려 그 책이 가진 진정한 가치를 온전히 느낄 기회를 박탈하게 됩니다.

그렇다면 왜 우리는 '독서를 해야 한다'는 생각에 사로잡히게 되었을까요?

독서가 의무가 되어버린 이유

책을 좋아하는 이들은 대체로 스스로 좋은 책을 발견하는 기쁨을 느껴본 사람들입니다. 반면에 책을 멀리하는 사람들은 스스로 좋아하는 책을 발견할 기회를 얻기 전에 부모님이나 선생님에게 좋은 책이기 때문에 읽어야 한다는 강요를 당한 경우가 많습니다. 아시다시피 아무리 좋은 책도 누가 강요해서 읽으면 재미가 반감되기 마련이거든요. 그렇게 하는 독서라도 일정량의 책을 읽어내긴 하겠지만, 스스로 '읽고 싶다'는 욕망을 만들지 못하고 맙니다.

『학교혁명』(21세기북스, 2015)을 쓴 켄 로빈슨도 자신의 저서에서 비슷한 맥락을 말합니다. 억지로 시키는 공부가 얼마나 아이들을 진정한 학업의 즐거움에서 멀어지게 하는지를 잘 설명하고 있습니다.

그의 이야기를 들어보겠습니다.

지금의 교육제도는 학습 능력에 중점을 둡니다. 그 이유가 뭘까요? 19세기 이전에는 세계 어디에도 공교육제도가 존재하지 않았어요. 산업사회의 수요에 의해서 생긴 것들이지요. 이것은 두 가지 개념에 뿌리를 두고 있습니다.

첫 번째는 직장을 구하기 위해 가장 필요한 과목들이 우위에 있다는 점입니다. 어렸을 때 즐겼던 과목들에 관심을 가져서는 커서 좋은 직장을 절대로 못 구하니까 오히려 하지 말라는 조언을 많이 들으셨을 거예요. 제 말이 맞죠?

음악? 음악가 되는 게 쉬운 줄 아니?

미술? 미술가가 되면 어떻게 먹고살려고?

물론 잘되라고 하는 말이지만, 너무나 중대한 착오입니다. 왜냐면 전 세계에서 혁명이 시작되고 있기 때문입니다.

두 번째는 대학들이 자기 모습을 본떠서 교육제도를 설계했기 때문에 지성은 학습능력이라는 생각이 지배하게 되었습니다. 생각해보세요. 전 세계의 모든 교육제도들은 대학 입시를 위한 절차라고 볼 수 있어요. 결과적으로 많은 훌륭한 재능과 창의력을 가진 자들이 스스로 재능이 없다는 착각을 하게 됩니다. 왜냐하면 학교를 다니면서 재능 있었던 것들은 별 가치가 주어지지 않았거나 심지어 비난까지 받았으니 더욱 그렇게 된 것이죠. 더 이상 이런 길로 가서는 안 됩니다.

비단 공부뿐일까요. 독서도 마찬가지입니다. 우리가 해왔던 공부나 독서라는 것이 어떤 의미였는지 여실히 보여주는 대목입니다.

좋은 책을 읽어야 했던 이유는 좋은 대학에 가기 위한 목적이었고, 좋은 대학에 가야 하는 이유는 좋은 직장에 취직하기 위해서였습니다. 막상 그렇게 시킨 대로 이름 있는 대학과 직장에 들어간 사람들 중에 상당수가 회사를 다니면서 문득 깨닫게 됩니다.

'이건 내가 생각했던 꿈이 아니야.'

많은 책과 언론에서 이미 제4차 산업혁명이 시작되었다고 말합니다. 인공지능으로 인해 현재 직업의 70퍼센트 이상이 사라질 거라고 하지요. 켄 로빈슨 교수는 이미 2007년 강연에서 미래의 변화에 대처하기 위한 교육의 대안이 필요하다고 이야기했습니다. 앨빈 토플러는 2001년에 "한국 학생들은 하루에 열다섯 시간 이상을 학교와 학원에서 미래에 필요하지도 않은 지식과 존재하지도 않을 직업을 위해 시간을 낭비하고 있다"라고 말하기도 했었죠.

이런 조언에도 불구하고 교육 제도는 여전히 대입과 취업을 위해 설계되고 있으며, 그 설계에 따라 아이들이 평가되고 있습니다. 많은 사람이 학창 시절 성적과 출신 대학 이름이 재능의 전부라고 생각하고 있기도 합니다.

이런 오래된 교육 제도 문제를 거론하는 이유는 독서 때문이에요. 독서가 학업의 수단일 뿐이고, 학업은 대입과 취업을 위한 수단인 현실에서는 책을 즐기기 어려우니까요.

이건 성인에게도 똑같이 적용되는 사실입니다. 공부란 본디 누군가 가르쳐주는 것이기 전에 스스로 배우고 익혀가는 자발적이고 주체적인 과정이고, 책 읽기도 같은 맥락에서 이해되어야 하기 때문입니다.

독서를 즐기는 사람의 시대

책의 '내용을 아는 것'이 중요한 시대는 끝났습니다. 이제 굳이 읽지 않아도 검색만 하면 얼마든지 그 책의 내용을 찾아낼 수 있는 시대니까요. 중요한 것은 책을 통해 '무엇을 느끼고 생각할 수 있느냐'입니다. 그러기 위해서는 먼저 책을 온전히 즐길 수 있어야 합니다.

知之者不如好之者(지지자불여호지자)

好之者不如樂之者(호지자불여락지자)

『논어』「위정」편에 나오는 유명한 구절이 떠오릅니다. "그것을 아는 사람은 그것을 좋아하는 사람만 못하고, 그것을 좋아하는 사람은 그것을 즐기는 사람만 못하다"라는 뜻이지요. 독서에 빗대어 말하자면, "책을 아는 사람은 책을 좋아하는 사람만 못하고, 책을 좋아하는 사람은 책을 즐기는 사람만 못하다"라고 말할 수 있겠네요.

제가 독서는 연애라고 말씀드렸지요. 상대를 그저 한번 만나 대화를 나누었다고 해서 그 사람을 다 안다고 할 수 있나요? 연애는 '아는 것'이 목적이 아니라, 서로 사랑하고 교감하는, 즉 '느끼는 것'이 더 중요하잖아요. 그러기 위해서는 먼저 상대를 좋아하는 마음이 들어야지요. 그래야만 진심으로 상대를 이해할 수 있으니까요.

책과의 관계에도 똑같이 적용됩니다.

책을 좋아하고 즐기는 사람만이 보고 느낄 수 있는 무언가가 있어요. 그건 말로 설명해줘도 이해하기가 어렵지요. 사랑하는 감정을 자세하게 설명해준다고 해도 달콤한 첫 키스의 강렬한 느낌과 설레임을 전할 수는 없듯이 말이죠.

•
책은 읽는 대상이 아니라 만나는 대상입니다.

••
좋은 책을 읽기 전에 먼저 좋아하는 책을 읽어보세요. 독서의 즐거움에 눈을 뜨면 좋은 책은 자연스럽게 다가와 나에게 말을 걸어줄 겁니다.

•••
책을 많이 읽어야 한다는 일반동기로는 독서를 잘하기 어렵습니다. 나의 흥미와 관심 분야의 책부터 재미있게 읽으면서, '책 읽고 싶다'라는 순간동기를 만들 수 있다면 독서는 아주 좋은 습관이 되어 당신의 벗이 되어줄 겁니다.

••••
소개팅을 한다고 해서 꼭 사귀어야 하는 것이 아니듯, 책을 짚어 들었다 해서 꼭 완독해야 하는 것은 아닙니다. 다양한 책, 끌리는 책을 읽다 보면 자연스럽게 정주행하고 싶은 책도 생기게 마련입니다.

•••••
책을 아는 사람은 책을 좋아하는 사람만 못하고, 책을 좋아하는 사람은 책을 즐기는 사람만 못합니다.

2장

독서에 대한 편견을 깨뜨리다

고정관념을 읽다

※ 이번 장은 실제 강의 때 오갔던 질문들을 바탕으로 해
대화 형식으로 재구성했습니다.

완독의 기준

나는 즐거움을 추구하는 독자다.
책을 구입하는 것 같은 사적 영역에
의무감이 끼어들게 한 적은 한 번도 없었다.

- 보르헤스

재미없는 책은 당장 덮으세요

질문 :　　선생님 저는 책을 읽다 보면 시간도 부족하고 속
도도 느리고 그래서 책을 다 못 읽고 덮어두거든요. 그런데 시간
이 지나면 그 책보다 다른 책이 읽고 싶은데 아직 그 전에 읽던 책
도 다 못 읽고 새로운 책을 읽으려니 뭔가 찜찜하고, 그렇다고 다
시 예전 책을 읽자니 읽기가 싫고, 그래서 자꾸 책을 안 읽게 되거
든요. 어떻게 하면 이런 문제를 개선할 수 있을까요?

답변 :　　　　사람을 만날 때 내가 좋아하는 사람은 자주 만나고, 내가 싫어하는 사람은 안 만나지요? 책도 똑같습니다. 누가 가르쳐주지 않아도 사람을 만날 때는 철저하게 '나' 중심으로 판단하기 때문에 마음에 드는 사람은 더 자주 보게 되고, 마음에 안 드는 사람은 자연스럽게 안 만나게 되죠. 그런데 독서할 때 그게 안 되는 이유는 독서의 기준이 내가 아니라 '타인'이나 '책'에 있기 때문이에요.

　만약 누군가 모든 사람을 평등한 기준으로 골고루 만난다면 그 사람은 좋은 인간관계를 맺고 있는 것일까요? 그렇게 할 수도 없겠지만, 설령 그렇게 한다고 한들 매우 어리석은 인간관계라고밖에 생각할 수 없을 거예요. 사람마다 나와 더 잘 맞는 사람이 있고, 만나면 더 행복해지는 사람이 있기 마련이거든요. 그래서 친구가 되는 것이고, 연인이 되는 것 아니겠어요?

　책도 그와 비슷합니다. 모든 책을 공평하게 다 오랫동안 보는 것은 결코 현명한 독서법이 아닙니다.

질문 :　　　　그래도 좋은 책이라고 추천받아서 읽은 건데, 그렇다고 안 읽기도 애매하고. 사실 책을 다 안 읽어도 된다는 말을 들어보긴 했는데, 정작 책을 읽다 보면 그게 잘 안 돼요.

답변 : 네, 책을 보다가 과감히 덮어버리는 게 생각보다 어렵습니다. 책도 지금 나와 맞는 책이 있고, 현재의 나에게는 어울리지 않는 책이 있거든요. 철학이 좋다고 해서 무작정 『논어』나 『소크라테스의 변명』을 읽어보아도 전혀 와닿지 않을 가능성이 높아요.

마치 어느 식당이 매콤한 와사비가 일품인 맛집이라는 이유로 아이를 그곳에 데려가 스시를 먹이는 것과 비슷합니다. 그곳이 아무리 유명한 맛집인들 아이들이 스시의 진정한 맛을 느낄 수 있을까요? 생선회도 낯설고, 와사비의 톡 쏘는 매운맛은 더더욱 싫어하겠지요. 그런 경험이 오히려 아이에게는 회를 싫어하게 되는 원인이 될 수도 있거든요.

책도 마찬가지입니다. 지금 내 수준에 맞지 않는 책을 읽으면 재미도 없을 뿐 아니라 이해도 잘 안 되죠. 그건 시간 낭비입니다.

지금 자신의 상황에서 재미없는 책은 대체로 세 가지 중 하나입니다. 아직 내가 그 책을 읽을 수준이 안 되거나, 반대로 그 책이 내 수준에 못 미치거나, 아니면 번역이 제대로 되지 않은 외서의 경우죠.

독서는 본디 재미를 추구하는 활동입니다. 그것이 콘텐츠의 본질이기 때문이지요. 지금부터 재미없는 책은 과감히 덮으세요.

마음에 들지 않는 사람과 오래 만날 이유가 없듯이 나를 설레게 하지 않는 책과 오래 씨름할 겨를이 없습니다. 아무리 남들이 좋다고 해도 내가 아니면 과감히 책을 덮고 나에게 맞는 책을 찾아보세요.

'지금'은 읽고 싶은 책부터 읽으세요

질문 : 　선생님 말씀은 충분히 이해가 되는데요, 한 가지 문제가 있어요. 사실 저는 고전도 많이 읽고 싶고, 베스트셀러도 많이 읽어보고 싶거든요. 그런데 지금까지 고전과 베스트셀러를 보면서 그렇게 '좋다'라고 느낀 책이 거의 없었어요. 그렇다고 그런 책을 안 봐도 되는 건가요? 사실 『논어』나 『군주론』 같은 책들은 한 번쯤은 읽어야 한다고 하잖아요. 지금 재미없다고 안 읽어도 괜찮다는 뜻인가요?

답변 : 　정말 좋은 질문이네요. 지금 말씀하신 부분이 대부분의 사람이 생각하는 솔직한 심정일 거예요. 읽어야만 하는 책이 아니라 읽고 싶은 책만 읽으면 나에게 아무런 도움이 안 되는 것이 아닌가 의구심이 들 수밖에 없겠지요. 재미없으면 보지 말라는 말은 그 책을 아예 읽지 말라는 뜻이 아니에요. 단지 '지금' 읽을 책은 아니라는 겁니다. 지금은 내가 읽고 싶은 책부터 읽어도

괜찮습니다. 아니, 오히려 적극적으로 내가 읽고 싶은 책부터 읽으면서 독서가 얼마나 재미있는 활동인지 몸으로 느껴보는 것이 중요해요.

많은 사람이 제대로 된 독서를 충분히 해보지 않아서 독서근육이 충분히 생기지 않았음에도 불구하고, 처음부터 어려운 책을 읽어야 한다고 생각합니다. 그건 기준이 내가 아니라 타인에게 있다는 증거입니다.

철저하게 내 기준으로 책을 고를 수 있는 안목을 가져야 합니다. 타인의 기준으로 책을 고르니 재미가 없는 거예요. 책을 끝까지 다 보려는 것도 타인의 시선을 의식하는 행동인지 몰라요. 책은 다 안 봐도 됩니다. 내가 보고 싶은 곳만 보고 덮어도 충분히 좋은 독서거든요. 문화심리학자 김정운 교수는 이렇게 말했어요.

> 저는 책을 사서 끝까지 읽는 일은 바보 같은 일이라고 생각해요. 실제로 그 책에서 나한테 필요한 부분은 목차를 읽어보면 몇 챕터 되지 않기 때문에, 내가 필요한 것만 읽으면 됩니다. 시간이 없으니까요.

———————— 김정운, 〈지서재, 지금의 나를 만든 서재〉 중에서

완독의 정답은 '나'입니다

질문: 물론 그 말씀도 맞지만 그렇다고 몇 페이지만 읽고 그 책을 읽었다고 말하기는 좀 그렇잖아요. 전 그래도 책은 끝까지 읽는 게 맞는다는 생각이 들거든요.

답변: 네, 참 솔직한 질문 좋습니다. 그런데 지금 말씀하신 맥락이 딱 타인을 의식하는 발언이었어요. "몇 페이지만 읽고 그 책을 읽었다고 말할 수 없다"는 대목이요. 내가 어떤 책을 읽었다는 기준이 과연 뭘까요? 저도 예전엔 똑같은 생각을 했어요. 그러다 책을 선택하는 기준이 점차 '나' 중심으로 옮겨 오면서 생각이 바뀌었답니다. 완독의 기준은 책을 첫 페이지부터 마지막 페이지까지 다 본 것일까요? 아니면 그 책을 충분히 읽고 내 것으로 만든 상태일까요?

질문: 그야 물론 그 책을 충분히 읽고 내 것으로 만든 상태 아닐까요?

답변: 네 맞습니다. 그렇다면 그저 한 번 처음부터 끝까지 읽었다면 그것은 완독일까요? 아마 그렇지 않을 겁니다. 완독

은 책마다 기준이 달라야 합니다. 저는 10분을 봤는데도 이미 무슨 말을 하려는지 간파할 수 있는 책이 있는 반면에 열 번을 넘게 읽어도 여전히 다시 읽고 싶은 책이 있어요. 한 번 읽은 것은 그저 처음 만난 것에 불과하니까요.

때론 딱 한 페이지를 읽었을 뿐인데, 어떤 글귀 하나가 일주일 내내 읽었던 책보다 더 강렬한 경험을 해본 적이 있나요? 그때 그 한 줄 무게는 과연 일주일 동안 읽었던 책의 무게보다 가벼울까요? 과연 어떤 게 더 의미 있는 독서였을까요? 이에 대한 답을 찾기 위해 다음 항목 중 마음에 드는 내용을 골라 표시해보세요. ①, ②번 모두 마음에 들지 않는다면 그 생각을 ③번에 적어주세요.

> ① 얼마나 오랫동안 읽었느냐보다 마음을 움직이는 구절을 만났다면 그게 더 의미 있는 독서다.
> ② 한 구절이 좋다고 그게 독서라고 할 수는 없죠. 저는 일주일 동안 읽은 책이 더 의미 있다고 봐요. 일단 보기 시작한 책은 다 읽어야죠.
> ③ _____
> _____

사실 모든 사람에게 똑같이 적용되는 독서법은 없습니다. 어떤 분에겐 단 한 줄의 독서도 참된 책 읽기이지만 또 다른 분에겐 처음부터 끝까지 성실하게 읽어낸 것이 진짜 독서일 수 있습니다. 인간관계를 맺는 방식이 저마다 다르듯 독서법도 각양각색이지요. 다만 지금 읽고 있는 책이 나에게 너무 어렵거나 재미없다면, 그런데도 그것을 끝까지 읽어야 한다는 생각 때문에 큰 스트레스를 받고 있다면 더 이상 미련을 두지 말고 과감하게 덮으세요. 그런 스트레스 경험이 쌓이면 독서 습관을 망칠 수 있습니다. 분명 자신에게 더 잘 맞는 책이 있습니다. 독서를 '만남'이나 '연애'라고 생각하면 아주 분명해집니다. 상대와 자주 만나 익숙해졌을 때 깊은 만남을 이어가듯, 독서라는 행위 자체에 익숙해졌을 때 읽기 힘들었던 책도 편안하게 읽을 수 있습니다.

TIP 좋은 책을 재미있게 읽는 방법

고전 작품은 아동과 청소년용으로 재구성한 책들이 무척 많습니다. 만화로 엮은 『논어』라든지, 세계사, 고전 문학도 있고요. 학생들을 위해 쉽게 설명해놓은 책도 많죠. 당장 고전을 읽고 싶은데 막상 읽어보니 이해가 안 된다면, 먼저 학생 대상으로 재구성한 버전부터 읽어보세요. 성인이 그런 책을 읽기에 부끄럽다고 생각할 필요 없습니다. 오히려 쉬운 책을 읽는 게 부끄럽다고 여기는 마음이 부끄러운 거니까요.

목차 사용 설명서

기대를 하고 책장을 열고,

수확을 얻고 책장을 덮는 책,

이런 책이 진실로 양서다.

- A. B. 올컷

좋다고 느끼는 책에는 아는 내용이 더 많다

질문 :　　혹시 책을 볼 때 제일 중요하게 보는 부분이 있나
요? 있다면 무엇인가요?

답변 :　　저는 목차를 가장 먼저 보는 편입니다. 물론 시나
소설 같은 경우에는 좀 예외지만요. 책에 아무리 좋은 이야기가
많다고 하더라도 독자가 한눈에 그것을 알아보는 것은 쉽지가 않
잖아요. 그래서 그 책에 대한 전반적인 프로필을 만들어놓은 게

목차거든요.

　사람들이 이 중요한 걸 많이 놓치고 있어요. 책에서 가장 꼼꼼히 봐야 하는 부분이 바로 목차입니다. 목차는 가장 읽고 싶은 부분을 먼저 찾아보라고 있는 것이니까요.

───────────

질문 :　　　목차에서 내가 읽고 싶은 부분만 찾아보면 그게 제대로 된 독서라고 할 수 있나요? 너무 나 중심의 편협한 독서가 되지 않을까요?

답변 :　　　날카로운 지적이군요. 저는 반대로 여쭤보고 싶어요. 그냥 내가 보고 싶은 부분만 보면 안 되나요? 좋은 독서의 기준이 대체 뭘까요? 외려 우리는 너무 나의 기준이 없이 타인의 기준에 길들여져 있는 건 아닐까요?

　한번, 목차를 보고 가장 읽고 싶은 부분부터 읽어보세요. 재미있으면 그다음으로 눈길이 가는 부분을 읽어보세요. 책마다 다르겠지만, 저는 보통 서점에서 그런 식으로 책을 보면서 두세 군데 이상 마음에 드는 내용이 있는 책은 주저 없이 구입합니다. 그런 경우 대체로 책 전체가 좋았거든요. 설령 그 부분만 좋았다고 해도 충분히 가치가 있다고 생각합니다.

　책을 골라서 읽을 수 있다는 것은 책을 읽는 '나만의 관점'이 있다는 뜻이기도 합니다. 나의 관점이 없으면 그저 저자가 하는 말을 처음부터 끝까지 수동적으로 받아들이는 독서를 하게 되거든요. 하지만 나의 관점과 생각이 있으면 그 책과 대화를 할 수 있게 돼요. 작가의 생각이 내 생각과 일치하는 부분이 많을수록 저자에게 호감을 느끼게 되죠.

보통 내가 모르는 것이 많은 책을 읽어야 한다고 생각하기가 쉽거든요. 내가 이미 아는 내용을 보는 것은 왠지 시간 낭비처럼 느껴지기 때문이지요. 하지만 실제로 사람들이 좋다고 느끼는 책은 이미 내가 알고 있거나 공감하고 있는 이야기가 절반 이상인 경우가 많습니다. 그리고 나머지 30~50퍼센트의 내용에서 몰랐거나 도움이 되는 내용을 만날 때 '정말 좋다'고 느끼게 되지요. 만약 읽는 책마다 어렵게 느껴진다면 내가 모르는 내용으로만 된 책을 보고 있기 때문일 거예요.

쉬운 책은 수준이 낮은 책이고, 어려운 책은 수준이 높은 책이라고 생각하면 곤란합니다. 특히 쉬운 책 중에서도 어려운 내용을 쉽게 풀어놓은 책들은 읽기 어려운 책보다 훨씬 더 높은 수준의 책이라고 생각해요. 쉬운 것을 쉬운 말로 하고, 어려운 것을 어려운 말로 하는 것이 일반적이지만 어려운 것을 쉬운 말로 하는 게 가장 힘든 일이거든요. 웬만한 내공이 없이는 할 수 없는 작업이지요. 그런 책을 보셔야 합니다. 어려운 이야기를 쉽게 해주는 책. 저는 그런 책을 좋아합니다.

아주 짧은 시간 안에 책에 빠져드는 법

질문:　　　선생님의 설명을 들으니 그동안 제가 특별한 저만의 관점 없이 책을 골랐다는 생각이 드네요. 그러다 보니 누가 좋은 책이라고 하면 그냥 사서 처음부터 읽었던 것 같아요. 근데 사실 그렇게 읽은 책 중에 정말 재미있게 본 책은 많지 않다는 생각도 들고요.

　그럼 한 가지 더 질문드릴게요. 만약에 내가 읽고 싶은 부분만 읽는다면 서점에 가서 그냥 필요한 데만 읽고 와도 되지 않나요? 책을 다 읽을 필요도 없고, 읽고 싶은 부분만 골라서 읽어도 된다면 책을 살 필요가 있을까 싶네요.

답변:　　　네, 서점에 가서 읽고 싶은 부분만 마음껏 읽어보세요. 책을 다 읽지 않고, 필요한 부분만 골라 읽으면 짧은 시간에도 다양한 책을 읽을 수 있거든요. 그런 경험을 직접 해보는 것이 중요합니다. 장담하건대, 그렇게 읽다 보면 책을 훨씬 더 많이 사게 될 거예요.

　혹시 여러분은 책을 볼 때 목차를 유심히 보는 편인가요? 다음을 보고 더 마음에 드는 글을 골라 체크해주세요. ①, ②번이 마음에 들지 않는다면 ③번에 자신만의 생각을 적어보세요.

① 필요한 책을 살 때는 목차를 꼭 살펴보는 편이에요. 목차를 보면 구성이 알찬 책을 바로 알아볼 수 있더라고요.

② 저는 목차는 대충 보고 넘어갔던 것 같아요. 어차피 다 읽어야 하는 거니까 처음부터 읽어보자는 생각 때문이었지요.

③ _____

_____

이제 독서할 때 목차를 좀 더 적극 활용해보세요. 큰 도움이 될 겁니다. 저는 처음에 관심 있는 부분부터 읽어보는 것이 마치 영화 예고편을 보는 느낌과 비슷한 것 같아요. 저만의 책 예고편이죠. 그렇게 대충 훑어보면서 오히려 더 많은 정보를 얻을 때도 잦습니다.

신기하게도 현재 자신이 관심 있는 부분을 중심으로 읽으면 더욱 집중적으로 정보를 얻게 되거든요. 빨리 보거나 대충 보더라도 어떤 단어, 특정 문장은 뇌리에 딱 꽂히게 됩니다. 물론 어떤 주제나 관심사에 몰입하지 않은 상태에서는 그런 느낌을 받기 어렵죠.

관심 있는 주제의 책들을 찾아보세요. 그리고 그 책의 목차에서 가장 끌리는 소제목의 페이지부터 읽어보는 거죠. 아주 짧은 시간 안에 책에 빠져드는 자신을 발견하게 될 겁니다.

직렬독서와 병렬독서

나의 우주, 이것을 사람들은 도서관이라고 부른다.
도서관은 영원히 지속되리라.

- 보르헤스

책은 읽고 싶은 만큼 읽는 것이다

질문 :　　지금까지 말씀대로라면 선생님은 혹시 책을 끝까지 읽지도 않고, 필요한 부분만 골라서 보나요? 그러면 누구나 많이 읽을 수 있는 거 아닌가요?

답변 :　　네, 말씀하신 대로 그렇게 하면 누구나 다양한 책을 많이 읽을 수 있습니다. 그런데 그렇게 안 하는 거죠. 명확한 자신만의 독서 기준이 없기도 하고, 막연하게 그러면 안 된다고 생각하기 때문이에요. 특히 책을 늘 한 권씩 읽는 습관에 길들여

져 있는 게 아닐까 싶어요. 혹시 책을 동시에 여러 권 읽어본 적
있나요?

질문: 물론 그렇게 읽어본 적인 있긴 하지만, 대체로는
한 권씩 읽는 편이에요. 동시에 여러 권을 읽는 게 그렇게 효율적
일 것 같지는 않은데요, 선생님은 책을 하루에도 여러 권 보신다
고 들었어요. 혹시 한 번에 몇 권의 책을 읽으시나요?

답변: 많이 받는 질문 중에 하나인데요, 하루에 몇 권을
보느냐는 기준을 어디에 두느냐에 따라 많이 달라집니다. 일반적
인 완독을 기준으로 하면 대중적인 자기 계발서나 경제경영서를
중심으로 대여섯 권 이상 읽기도 하고요, 여러 가지 책을 참고해
서 보는 경우에는 사실 대략 스무 권 이상도 볼 수 있을 것 같네요.
물론 그중에 완독하는 책은 그때그때 다르겠지요.

이건 제가 개인적인 성장을 도모하기 위해서 책을 많이 읽을
수 있는 충분한 시간과 공간을 확보했기 때문에 가능해요. 더욱이
매일 이런 식으로 책을 읽지는 않습니다.

책을 많이 읽는다고 하면 매일 많은 책을 읽어야만 한다고 생
각하는 경우가 많아요. 물론 그런 분들도 있겠지만, 결국 책을 보
는 방식도 사람마다 다를 수밖에 없습니다. 저는 책을 되도록 읽

고 싶을 때만 읽습니다. 많이 보고 싶을 때는 마음껏 많이 보고 그러다가도 무언가 다른 생각이 떠오르면 과감히 책장을 덮는 편이에요. 사정에 따라 안 보는 날도 많죠. 그리고 제가 말한 대로 책을 끝까지 보지 않고 다른 책을 읽는 경우도 많아요. 일단 책을 처음 볼 때는 우선 필요한 부분부터 골라 보는 편입니다.

이런 식으로 하면 말씀하신 대로 누구나 큰 무리 없이 다양한 책을 많이 볼 수 있습니다.

깊이 있는 공부를 할 때, 폭넓게 알고 싶을 때의 독서법

질문 :　　　지금 하신 말씀에 상당히 공감합니다. 어떤 때는 서점에 가서 관심 있는 분야의 책을 읽기 시작했다가 끝까지 다 읽은 적도 있고요. 여러 책을 뒤적거리면서 요즘은 어떤 책이 나왔는지 사람들이 어떤 책에 관심을 많이 두는지 구경하는 것도 재미있긴 했거든요. 제가 궁금한 것은 책을 많이 읽는 분은 책을 동시에 여러 권을 읽는다는데, 그때 빨리 읽어서 한 권씩 여러 책을 보는 건지, 아니면 동시에 여러 책을 돌아가면서 읽는 건지 궁금합니다.

답변 :　　　네 , 이미 좋은 독서를 하고 계시네요. 여러 책을 동

시에 읽는 방법은 크게 두 가지 관점에서 보면 쉽게 이해할 수 있습니다.

직렬독서와 병렬독서입니다. 직렬독서는 한 분야의 책을 연달아 이어 봄으로써 해당 분야의 지식을 깊이 쌓는 독서입니다. 반면에 병렬독서는 여러 분야의 책을 골고루 읽음으로써 깊이보다는 지식의 폭을 넓히는 독서입니다.

책을 좁게만 읽으면 안목이 안 생기고, 넓게만 읽으면 깊이가 안 생깁니다. 이 두 가지 독서법은 적절히 병행하는 것이 중요하지요.

관심 있는 분야가 생겨서 그 분야를 깊이 있게 공부하고 싶을 때에는 직렬독서가 좋습니다. 최소한 열 권 정도 한 분야의 책을 파고들면 전체적인 개념이 잡히고 큰 그림을 그릴 수 있게 됩니다. 이런 직렬독서를 하기에 가장 좋은 공간이 바로 도서관이지요. 책을 한 번에 다 사서 보기엔 부담스럽고 어떤 책이 좋을지 알 수 없기 때문에 도서관에서 먼저 그 분야의 다양한 책을 마음껏 읽어보면 그중 꼭 사야 할 책을 발견할 수 있습니다.

다양한 아이디어나 새로운 발상이 필요할 때는 병렬독서를 추천합니다. 평소 내가 보던 분야가 아닌 전혀 새로운 분야의 책들을 읽어보는 것이지요. 이런 병렬독서는 지금까지 생각지도 못했던 새로운 생각을 하게 만듭니다.

병렬독서를 하기에 최적의 공간은 역시 서점입니다. 현재 사람들에게 가장 관심 있게 읽히는 책들이 이미 나열되어 있는 공간이기 때문에 어떤 책이 베스트셀러인지 스테디셀러인지, 다른 사람들은 어떤 책을 읽고 있는지 보는 것도 안목을 넓히는 중요한 독서법 중 하나입니다.

『책, 열권을 동시에 읽어라』(뜨인돌, 2009)를 쓴 일본 작가 나루케 마코토는 고수들의 '초병렬 독서법'을 소개하고 있는데요, 동시에 여러 장르, 여러 종류의 책을 읽을 뿐만 아니라, 시간과 장소에 따라서도 저마다 다른 책을 놓고 읽는다는 거예요.

처음부터 그런 식으로 독서하기는 쉽지 않을 거예요. 하지만 중요한 것은 지금 책을 읽고 있다고 해서 다른 책을 읽으면 안 된다는 편견은 버려야 한다는 겁니다.

책을 읽는 자신만의 방법, 속도, 요령 등을 터득하게 되면 지금 말씀드린 직렬독서와 병렬독서를 꼭 활용해보세요.

~~~~~~~~~

질문 :　　　그동안 막연했던 부분을 명쾌하게 정리해주신 느낌이네요. 생각해보니 저는 주로 직렬독서법으로 책을 읽었던 것 같아요. 아무래도 일하는 데 필요한 부분이나 자기 계발에 대한 책은 꾸준히 파고들었던 것 같은데요, 병렬독서는 좀 신선한 것 같습니다. 새로운 아이디어가 필요할 때 꼭 도전해보고 싶네요.

답변 :　　　　네, 뭐든 해보는 것이 중요합니다. 그 한 번에 좋은 느낌을 받게 되면 자연스럽게 습관으로 이어지죠. 그리고 제가 병렬독서를 아이디어를 얻을 때 좋다고 설명드렸는데요, 그렇다고 단순히 아이디어만 얻는 독서 방법은 결코 아니에요.

예를 들어 투자를 잘하고 싶어서 재테크 책을 읽는다고 생각해볼게요. 단순히 자기 계발서로만 한두 권 읽어서는 투자에 대한 큰 맥락을 이해하기가 어렵지요. 그때 경제 분야 전문 도서들을 읽으면서 경제에 대해 읽고, 역사책을 보면서 시대 흐름을 읽고, 철학책을 보면서 사람과 돈을 본질적으로 생각해보게 된다면 훨씬 깊이 있으면서도 폭넓은 독서가 가능해지겠지요.

독서를 꾸준히 하는 분 중에서도 자신이 필요한 분야를 깊이 있게 읽어가는 직렬독서를 하는 경우가 많은데, 병렬독서를 겸하는 분은 의외로 적습니다. 병렬독서를 통해서 다양한 분야의 책을 친숙하게 만들고, 그러면서 특정 주제나 책에 관심이 생길 때 그 분야를 좀 더 깊이 파고드는 독서를 해보세요. 이런 독서를 T자형 독서라고도 하는데요, 이 방법으로 책을 읽으면 자연스레 다양한 분야를 깊이 있게 알게 되고, 그렇게 습득한 각 분야 지식이 상호작용하면서 시너지를 내는 즐거움을 맛볼 수 있습니다.

질문 :　　　　책을 그렇게 광범위하게 읽어야 할 필요가 있을까

요? 사실 자기가 알아야 하는 분야만 잘 알면 되는 거 아닌가요? 당장 필요하지도 않은 책을 다양하게 읽어보라는 이야기는 솔직히 그리 와닿지 않네요. 책 한 권을 보는 데 걸리는 시간도 만만치 않은데, 그렇게 시간을 투자한다는 것이 좀 낭비처럼 느껴집니다.

답변 :　　　이런 솔직한 질문 참 좋습니다. 앞서 끌리는 책부터 읽으라고 말씀드렸고, 책을 다 읽지 않아도 된다, 필요한 부분부터 보면 된다 등의 말씀을 드렸지요. 여러 권의 책을 동시에 읽어도 된다는 것 역시 머리로 이해는 되지만, 실제로 하려면 어떻게 해야 할지 엄두가 안 나실 거예요. 이 책 뒷부분에서 책을 빨리 읽는 방법을 배울 텐데요, 지금 말씀하신 대로 우선 책 한 권을 읽는 데 너무 많은 시간이 들지요. 우리는 왜 그렇게 한 권을 읽는 데 많은 시간이 걸릴까요?

책을 천천히 읽는 진짜 이유

📖

나는 책을 읽을 때 타인들이
내 책을 그렇게 읽어주기를 바라는 것처럼
매우 천천히 읽는다.

- 앙드레 지드

고전이나 철학 책은 천천히 읽어야 하지 않나요?

질문: 시간이 많을 때는 하루에 한 권을 다 읽어본 적도 있긴 하지만, 대체로 빨리 본다고 해봐야 일주일이고, 대부분은 2~3주 이상 걸리는 것 같아요. 정말 한 권 읽는 데 시간이 너무 오래 걸려요. 왜 저는 이렇게 느리게밖에 못 읽을까요?

답변: 제 대답을 듣기 전에 다음 질문에 먼저 답해보세요.

여러분은 보통 한 권 읽는 데 얼마나 걸리나요? (자신의 상황과 비슷한 지문을 골라보세요.)

① 워낙 느리게 보는 편이어서 일주일 이상 걸려요.

② 일주일에 한 권 정도는 읽을 수 있어요.

③ 책에 따라 조금씩 다르지만 보통 2~3일에 한 권은 읽을 수 있어요.

④ 어떤 책은 며칠 만에 읽기도 하는데, 어떤 책은 읽다가 한번 덮으면 잘 안 펼쳐보게 되고, 다 못 읽은 채 덮어둔 책도 꽤 되죠. 대중없어요.

⑤ 하루 이틀 안에 한 권은 읽는 편이에요.

⑥ _____

_____

이 중 하나를 선택하기 어려울 수도 있습니다. 어떤 책이냐에 따라 다르니까요. 좀 쉬운 책은 하루에 다 보는 것도 어렵진 않을 거고요. 어려운 책은 일주일 이상 걸리는 분이 대부분일 겁니다.

사실 책을 천천히 읽는 것은 바람직한 태도입니다. 문제는 모든 책을 천천히 보기 때문에 발생하는 거죠. 그건 명백한 시간 낭비입니다. 모든 책을 끝까지 다 읽을 필요가 없다는 것과 같은 맥락이지요.

책은 빨리 봐도 되고, 대충 봐도 됩니다. 물론 저 역시 아주 오랫동안 책을 천천히 읽어왔습니다. 어느 날 나는 왜 이렇게 느린 독서만을 하고 있나 곰곰이 생각해본 적이 있어요. 불현듯 책을 집착하듯 천천히 봤던 이유를 깨달았어요.

"한 번에 제대로 읽고, 다시는 안 보려고."

충격이었죠. 다시 읽기는 싫으니까, 한 번에 제대로 다 읽고 이해하려고 천천히 보고 있었던 거죠. 사실 다시 볼 가치가 없는 책은 천천히 읽을 필요가 없거든요. 그땐 그걸 몰랐죠. 꼭 다시 읽기 싫다 좋다라는 감정 이전에 그냥 같은 책을 여러 번 읽을 생각을 못 한 거죠. 읽어야 하는 책도 많은데 읽은 책을 또 보는 건 뭔가 엄청난 시간 낭비라는 생각이 무의식중에 있었어요. 언제든 다시 볼 수 있다고 생각하면 좀 더 가벼운 마음으로 책을 펼칠 수 있거든요.

그게 저만의 문제는 아니었던 것 같아요. 여러분은 어떤가요? 한 번 읽은 책을 다시 읽는 경우가 많은가요? 의외로 많이 없을 겁니다.

그런데 보통 책 한 권에는 짧게는 수년에서 길게는 수십 년간 쌓아온 작가의 경험과 생각이 정리되어 있지요. 그건 결코 쉬운 작업이 아닙니다. 이미 알고 있는 것도 막상 글로 쓰려고 하면 쉽지가 않습니다. 그뿐만 아니라 살아온 경험과 환경이 다르기 때문에 어떤 책이든 백 퍼센트 이해할 수 있는 책은 없어요. 물론 자기가 쓴 책은 제외하더라도 말이지요. 자 그렇다면, 책을 한 번 읽고 다 이해하는 것이 가능할까요? 저는 불가능하다고 봐요.

책을 한 번 읽는 것은 누군가를 처음 만나는 것과 비슷하죠. 대략 어떤 사람인지 알 수는 있지만, 한 번 보고 그 사람이 어떤 사람인지 완벽하게 이해할 수는 없잖아요.

책도 마찬가지라고 생각해요. 이후 이 책에서 '재독再讀'에 대해 자주 언급하게 될 텐데요, 우리는 지금보다 훨씬 빨리 그리고 효율적으로 책을 읽을 수 있습니다. 때론 대충 읽어도 되고 필요한 부분만 읽어도 됩니다. 왜냐하면 언제든 그 책이 생각날 때 다시 읽으면 되기 때문입니다.

흔히 고전 같은 책은 천천히 깊이 읽어야 한다고들 하지만 저는 생각이 조금 달라요. 고전이나 철학 책도 빨리 대충 훑어봐도 됩니다. 적어도 지금 내가 읽어서 도움이 되는 책인지 아닌지는 알아야 하잖아요.

좋아하는 사람과 데이트를 한다고 생각해보세요. 매번 영화만 보고 밥만 먹나요? 이러면 금방 헤어지기 딱 좋지요. 때론 카페에서 커피 마시며 대화를 나누기도 하고, 때론 경치 좋은 곳을 함께 걸으며 시간을 보내기도 하잖아요.

좋은 책일수록 여러 번 봐야 하고 다양한 방법으로 만나보는 게 중요해요. 고전은 눈으로만 읽지 말고 낭독해보기도 하고, 좋은 구절은 노트에 적어보기도 하고, 외워봐도 좋지요. 때론 거침없이 빠른 속도로 읽으며 전체 맥락을 이해해보기도 하고, 때론 한 문장을 두고 지난 경험과 다른 생각들에 비추어 아주 깊이 생각해볼 수도 있습니다.

빨리 읽으려면 독서 모드를 바꾸어야 한다

질문: 　　　선생님 이야기를 들으니 제가 왜 그동안 알 듯 말 듯 늘 책을 읽으면서도 뭔가 허전함이 많았는지 알 것 같습니다. 솔직히 저는 한 번 읽은 책을 다시 보는 건 상당히 시간 낭비라고 생각했거든요. 읽을 책이 너무 많잖아요. 그래서 의도적으로 한 번 본 책은 다시 안 펼쳐보게 된 것 같아요. 선생님도 그러셨나요?

답변: 　　　네 저도 그랬어요. 그런데 막상 읽은 책을 다시 보면 그런 생각이 얼마나 잘못되었는지 바로 알 수 있어요. 물론 예전과 달리 지금은 인쇄술이 발달하여 정말 많은 책이 쏟아져 나오기 때문에 다양한 책을 많이 읽어내는 것도 중요해요. 그래서 속독도 필요하지요.

책을 많이 읽는다고 할 때 사람들은 똑같은 방법으로 몇 시간씩 들여서 많이 봐야 한다고 생각하거든요. 그건 마치 운전할 때 기어를 1단에 놓고서 왜 시속 100킬로 이상 달릴 수 없는지 고민하는 것과 같아요. 읽는 모드가 달라져야 하는데, 다른 모드로 읽을 줄을 모르는 겁니다. 어렸을 때 또박또박 한 글자씩 마음속으로 읽어가던 상태로 여전히 독서하고 있는 거예요.

빨리 읽으려면 독서 모드를 바꿔야 합니다. 필요한 부분만 골라 볼 줄도 알아야 하고, 전체적으로 쓱 훑어볼 수도 있어야죠. 그렇게 빠르게 책을 읽으면서 다시 읽을 책을 가려내는 게 중요합니다.

그렇다고 빠르게 읽는 것이 결코 전부가 될 수는 없습니다. 빠르게 읽어도 되는 이유는 다시 읽으면 되기 때문인데, 정작 다시 읽지 않는다면 깊이 있는 독서의 진정한 맛을 느끼기 어려울 거예요. 진지하게 읽고 싶은 책을 만났다면 그 책은 좀 더 다양한 방법으로 다시 읽을 줄 알아야 합니다.

깨끗하게 읽은 책은 깨끗이 잊어버린다

아무리 유익한 책이라도 절반은 독자가 만든다.

- 볼테르

잊어버리는 게 당연하다

최근 3개월 안에 읽었던 책 중에 가장 좋았던 책은 무엇인지 떠올려보세요. 그 책의 내용을 누군가에게 자세하게 설명할 수 있을까요? 책을 읽고 잘 기억하지 못하는 것은 내 기억력이 부족하기 때문이 아니라 원래 인간의 뇌가 그렇게 세팅되어 있기 때문이에요. 반복해서 상기하지 않으면 자연스럽게 망각하게 되어 있습니다. 누구에게나 해당되는 말이지요.

여러분은 책을 어떻게 읽고 있나요? 아래 항목을 보고 자신과 가장 비슷한 내용을 골라 체크해주세요. 비슷한 게 없으면 자신의 생각을 적어주세요.

① 저는 책을 깨끗하게 보는 걸 좋아해서 그냥 눈으로만 읽는 편이에요.

② 책을 읽다가 좋은 구절을 보면 밑줄을 긋거나 책 모서리를 접어서 표시해둬요. 종종 그 페이지를 다시 펼쳐 보곤 하지요.

③ 노트에 기록하고 있어요. 확실히 기록한 책이 훨씬 더 오래 기억에 남더라구요. 게다가 나중에는 그 노트만 봐도 책에서 봤던 내용들이 떠올라서 좋습니다.

④ _____

_____

각자 자신에게 잘 맞는 방법을 이미 알고 있다면 그 방법으로 읽으면 됩니다. 그것이 가장 좋은 방법이에요. 다만 아직 최적의 독서법을 찾지 못했다면 자기만의 노트법을 생각해봐야 합니다. 마음에 와닿는 좋은 구절에 밑줄도 그어보고, 떠오르는 생각이 있다면 여백에 적어보세요. 훨씬 풍성한 독서가 될 거예요. 그렇게 책 여기저기에 표시해두었던 내용을 다시 별도의 노트에도 한번 기록해보세요. 단 한 줄만 적어도 좋아요. 설마 중고 책으로 다시 팔 생각에 깨끗하게 보는 분은 없겠죠? 그럴 작정이었다면 애당초 책을 살 필요가 없잖아요. 빌려 보는 게 훨씬 더 쉽고 비용도 적게 들 테니까 말이죠.

책 내용을 내 것으로 만드는 게 핵심이다

제 경험에 비추어 보면, 깨끗하게 읽은 책은 깨끗이 잊어버립니다. 반대로 여러 가지를 많이 메모해놓고, 책에 많은 흔적을 남길수록 더 많이 기억되었고요. 특히 노트에 따로 기록하며 제 생각을 함께 정리한 책은 훨씬 더 많은 것이 기억에 남았습니다.

과거에 책은 많은 노력과 수고를 들여야 만들 수 있는 아주 귀한 물건이었지요. 책은 아껴서 봐야 하는 소중한 대상이었어요. 여러 사람이 함께 두고두고 봐야 하는 공동 자산이었달까요. 지금은 어떤가요? 책은 마음만 먹으면 얼마든지 구할 수 있는 시대가 되었잖아요. 책을 깨끗이 읽는 게 중요한 게 아니라 책의 내용을 최대한 내 것으로 만드는 것이 훨씬 중요하죠.

만약 자신이 책을 조심스럽게 취급해왔다면 이제부터 함부로 다루어보세요. 독서의 목적은 책을 읽으며 내용과 충분히 소통하고 공감하는 거잖아요. 자신의 생각도 적어보고, 접어서 표시도 하고, 소감도 여기저기에 적어보는 겁니다.

그렇게 해도 괜찮습니다. 저는 필사하는 책은 아예 필요한 부

분만 뜯어서 노트와 같이 들고 다니기도 합니다. 물론 가끔 후회
할 때도 있는데, 그땐 다시 구입하는 편이에요. 책을 한 권만 사야
한다는 생각도 고정관념 아닐까요.

속독과 숙독, 뭐가 더 좋을까?

어떤 책들은 맛보아야 하고,

또 어떤 책들은 삼켜야 하고,

그리고 몇몇 책들은 씹어서 소화해야 한다.

– 프랜시스 베이컨

독서를 하는 목적과 시기에 따라 달라진다

질문 :　　　 저는 독서법과 관련된 몇몇 책을 읽으면서 가장 혼동되는 점이 하나 있는데요, 어떤 책은 속독이 더 중요하다고 말하고, 어떤 책은 천천히 읽어도 제대로 읽는 것이 중요하다고 해요. 도대체 어떤 방법이 더 좋나요?

답변 :　　　 아마 가장 많은 분이 고민하는 문제일 것 같아요. 독서를 제법 많이 하는 분조차도 한 번쯤 고민하게 되는 문제인데

요, 재미있는 점은 책마다 저자들의 주장이 다르다는 거예요. 그럴 수밖에 없죠. 사람마다 자신에게 최적화된 독서법이 다르니까요. 속독을 기본으로 많은 책을 읽으면서 책을 깊이 있게 읽게 된 분도 있고, 반대로 숙독을 기본으로 하며 많은 책을 읽다 보니 속독까지 가능해진 분도 있는 겁니다. 물론 양쪽을 다 경험하지 못하고 중간쯤에 머물러 있는 분들도 있고요. 결론부터 말씀드리면, '둘 다 중요하다'입니다.

속독과 숙독은 상반된 두 개의 방법이 아니라, 둘 다 정말 중요한 독서 방법이에요. 흔히 우스개 퀴즈 중에 그런 이야기가 있잖아요. "500원짜리 동전과 100원짜리 동전이 떨어져 있으면 뭘 주워야 할까요?"

아시다시피 답은 "둘 다 줍는다"입니다.

무엇이 정답이다라는 생각 자체가 잘못된 거죠. 상황에 따라 책에 따라 독서 방법은 달라질 수밖에 없거든요. 절대적인 하나의 답을 찾으려고 하니까 당연히 의견이 나뉠 수밖에 없습니다. 중요한 것은 언제 어떤 책을 속독해야 하고, 언제 어떤 책을 숙독해야 하는지 아는 거예요.

결국 독서를 하는 목적과 시기, 장소, 책의 종류에 따라 맞는 방법을 구사할 수 있어야 합니다. 특정 목적을 가지고 서울에서 부산까지 서둘러 가야 할 때는 당연히 속도가 중요하겠지요. 중간에 보이는 풍경을 보는 게 목적이 아니니까요. 반대로 연인과 함께하는 여행이라면 준비하는 과정, 펼쳐지는 풍경, 두 사람이 나누는 대화 등 하나하나가 중요해요. 빨리 가는 게 목적이 아니기 때문이죠. 독서에도 똑같이 적용해볼 수 있겠네요.

황진이가 알려준 속독의 비밀

질문 :　　　저는 아직 둘 다 하라는 말씀이 정확하게 와닿지 않는데요, 요즘 속독에 관심이 많아서 그런데 속독부터 자세히 설명해주시면 좋겠어요.

답변 :　　　네, 좋습니다. 책을 빨리 읽어야 하는 이유는 참 많습니다. 속독을 다시 여행에 비유해서 생각해볼게요. 우리가 여행을 갈 때는 정해진 목적지가 있기 마련이지요. 예를 들어 파리로 여행을 간다고 생각해보면 우선 파리까지는 빨리 가는 게 중요할 거예요. 여행 일정이 열흘인데 파리에 가는 데만 8일 정도를 써버린다면 그건 파리 여행이라고 할 수는 없잖아요. 일단 파리까지는 최대한 빨리 가야죠. 파리에 가서는 느긋하게 여행을 즐겨야겠지요. 빨리 가는 이유는 내가 여행하고자 하는 목적지에서 더 많은 시간을 누리기 위해서입니다.

　속독도 비슷합니다. 세상에는 책이 너무 많아요. 하지만 어떤 책이 나에게 딱 필요한지 알 수 없기 때문에 좋은 책을 만나기 위해서 빨리, 그리고 많이 읽어야 하는 거죠.

혹시 「동짓달 기나긴 밤을」이라는 시조를 기억하나요? 학창 시절에 한 번쯤은 배우게 되는 시조인데요, 여러분이 잘 아는 황진이가 지었지요. 정여울 작가의 『소리내어 읽는 즐거움』(홍익출판사, 2016)이라는 책을 보다가 아주 오랜만에 다시 만난 문장인데 읽는 순간 많은 생각을 하게 됐습니다.

아래 시조를 한번 소리 내서 읽어보세요. 눈으로만 읽을 때와는 달리 몸으로 내용을 더 깊이 느낄 수 있습니다.

동짓달 기나긴 밤을

동짓달 기나긴 밤을 한 허리 베어내어
춘풍 이불 아래 서리서리 넣었다가
어른님 오신 날 밤이어든 굽이굽이 펴리라

어떤가요? 소리 내어 읽어보니 막연하게 학교에서 배웠던 것과는 느낌이 좀 다르지요?

사랑하는 임과 오랜 시간을 보내고 싶은 마음을 밤이 가장 긴 동짓날 밤의 허리를 가래떡처럼 싹뚝 잘라서 이불 속에 꽁꽁 모아두었다가 임이 오시는 날에 굽이굽이 꺼내서 쓰겠다고 표현했어요. 사랑이라는 말, 그리움이라는 단어 하나 없이 어쩌면 이토록 사랑하는 이를 그리워하는 마음을 애절하게 전할 수 있을까 싶은 문장이죠. 그런데 저는 이 시를 읽으면서 문득 이런 생각이 들었어요.

'황진이가 사랑하는 임과 오랜 시간을 보내기 위해 동짓날 기나긴 밤을 아껴두려는 마음처럼, 책을 빨리 읽는 이유는 그 시간을 아껴서 두고두고 볼 책을 만났을 때 꺼내 쓰기 위함이 아닐까'라고요. 독서는 연애라고 주장하는 저에게 딱 맞는 표현을 만난 것이죠.

속독速讀은 숙독熟讀을 위한 준비와도 같은 거예요. 속독의 목적은 한 권의 책만 빨리 읽으려는 게 아니잖아요. 다양한 책을 많이 읽기 위한 것이지요. 많은 책을 읽을수록 나에게 꼭 맞는 좋은 책을 만날 가능성은 높아지게 되니까요. 즉 속독의 목적은 다독에 있어요. 많이 읽지 않는 사람에게 속독은 전혀 도움이 안 됩니다. 반대로 많이 읽고 싶어 하는 사람은 자연스럽게 나름의 속독을 터득하게 됩니다.

저는 책을 처음 볼 때는 대체로 속독해도 괜찮다고 생각합니다. 책을 빨리 봐도 이 책이 나에게 필요한 책인지 어떤 이야기를 하려고 하는지 어느 정도는 파악할 수 있기 때문이에요.

속독은 소개팅 같은 느낌이거든요. 처음 만난 날 진지하게 사랑을 이야기하는 건 뭔가 이상하잖아요. 책도 비슷해요. 차례를 보고 가장 궁금한 부분부터 찾아볼 수도 있고, 전체적으로 빠르게 읽어가다가 중요한 부분에서는 속도를 늦춰서 읽을 수도 있죠.

중요한 것은 속독으로 한 번 읽는 게 독서의 끝이 아니라는 점이지요. 물리적으로 한 번 읽어보는 것도 중요하지만 결국 우리가 책을 읽는 이유는 그 속에서 무언가 발견하기 위해서잖아요. 책은 그대로라도 책을 읽는 나의 수준이 달라지고 나의 상황이 달라지고 나의 관심이 달라지면, 책에서 전혀 다른 것이 보이거든요. 어떤 책은 빨리 대충 읽어도 무슨 내용인지 바로 간파되는가 하면, 꼭꼭 씹어 먹듯이 읽어야 비로소 이해되는 책도 있으니까요.

분명한 건 책을 빨리 읽을 줄은 알아야 한다는 겁니다. 독서는 공부와 다르거든요. 공부는 '해야만 하는 것'이었다면, 독서는 '하고 싶은 것'이니까요. 공부할 때 책을 읽던 방식대로 독서하고 있다면 재미없을 수밖에 없어요. 빨리 읽는 경험은 그런 습관에서 벗어나는 데 상당한 도움이 됩니다.

속독으로 다독한 뒤 '그 책'을 만나면 정독한다

질문 :   저는 사실 정독이 훨씬 중요하다고만 생각했는데, 지금 이야기를 듣고 나니 속독도 참 중요한 것 같네요. 그렇다면 중요한 부분을 발견하게 되면 거기부터는 더 천천히 깊이 읽는다

고 생각하면 될까요? 말씀 중에 속독은 숙독을 위한 준비라고 하셨잖아요. 그 숙독이라는 것이 결국 깊이 읽는 것을 말씀하시는 건가요?

답변 :　　　네 맞습니다. '속독과 숙독'을 '속성速成과 숙성熟成'으로 바꿔서 생각하면 이해가 더 빠를 것 같아요. 우리가 무언가 빨리 만들어내는 것을 속성이라고 하잖아요. 반대로 숙성은 깊이 무르익게 되는 것을 말하죠. 숙독도 비슷합니다.

　한국 사람들은 기본적으로 속성을 좋아합니다. '빨리빨리 문화'도 그렇게 빨리 무언가 결과를 만들어내는 것에 집착하는 특성이 반영된 것이지요. 독서도 속성으로 완성하고 싶어 하는 이들이 있는데, 결론부터 말씀드리면 독서에 속성 같은 건 없습니다. 빠른 완성은 없다는 말이죠. 물론 속독의 원리를 짧은 시간에 배울 수는 있어요. 하지만 실제로 내가 책을 읽지 않으면 그 원리가 자신의 것이 되진 않아요.

　반면 숙독은 그 책을 진지하게 만난다는 뜻이고, 그 책과 대화한다는 뜻이고, 조금 더 나아가서 그 책과 연애한다는 뜻입니다. 작가가 표현한 문장에만 머무르지 않고, 그 문장이 달을 가리키는 손가락이라고 생각해 함께 달을 바라보는 것이 숙독이지요.

　평생 함께하고픈 사람을 만날 때까지 여러 사람을 거치지만, 운명적인 사람을 만났다면 그와 깊이 있게 만나는 게 당연하겠죠? 책을 빨리 읽더라도 지금 나에게 꼭 필요한 책이나 문장은 운명처럼 다가옵니다. 경험해보신 분들은 아실 거예요.

저는 종종 서점이나 도서관에서 그런 좋은 책을 만나는데요, 적당히 좋은 책은 내용이 궁금해서 얼른 읽어보지만, 진짜 좋은 책은 조금 읽다가 덮고는 집이나 사무실에 가져와서 아껴 보곤 해요. 책에 밑줄도 긋고, 중요한 페이지를 접기도 하고, 떠오르는 생각도 마구 적어가면서 읽는 거죠. 한 번이 아니라 여러 번 보며 이전에 했던 생각과 달리 보이는 것들을 읽는 겁니다.

많은 분이 '정독'이라는 한 가지 독서 방법밖에 모르다 보니 독서 하면 모두 그 방법만 떠올립니다. 속독이나 간독, 발췌독 등을 '그건 제대로 된 독서가 아니야'라고 오해하게 되는 거죠. 당연히 모든 책을 속독으로만 읽거나 발췌해서만 읽으면 제대로 된 독서가 아니겠죠. 그와 마찬가지로 모든 책을 정독으로만 읽은 것 역시 제대로 된 독서가 아닙니다. 대부분의 사람이 책을 빨리 읽고 싶다고 말할 때 그 마음을 자세히 들여다보면, '지금 읽고 있는 책을 정독 모드로 더 빨리 읽고 싶다'일 거예요.

책에 따라 상황에 따라 독서 모드는 달라야 합니다. 책을 읽는 목적은 그 책의 내용을 통해 무언가를 얻고자 함입니다. 그런데 사람들은 그냥 책을 한 번 끝까지 읽는 것이 마치 목표인 듯 독서를 합니다. 그런 독서라도 100권, 200권 지속적으로 하면 의미가 생길 수도 있겠으나, 많은 경우 금세 지쳐버립니다. 재미가 없거든요. 이렇다 할 연애 없이 소개팅만 100번, 200번 계속한다고 생각해보세요.

책을 처음 볼 때나 무언가 나에게 필요한 책을 탐색할 때는 속독 모드가 유리합니다. 그러다가 '와, 이 책은 정말 좋은 책이다' 싶은 느낌이 오는 책은 한 번만 읽으면 안 됩니다. 엄청난 손해거든요. 소개팅을 하다가 이 사람이다 싶으면 어떻게 하나요? 계속 만나고 싶잖아요. 소개팅을 하는 목적도 원래 그것이고요.

책도 빨리 읽으면서 좋은 책을 탐색하다 이것이다 싶으면 그 책에 빠져보는 경험을 해봐야 합니다. 열 번이고 스무 번이고 같은 책을 다시 읽어도 지겹지 않은 독서 경험이 있는 사람은 책과 연애를 해본 겁니다. 그런 분들은 대체로 독서를 좋아하죠. 책과의 연애가 주는 행복을 맛보았기 때문입니다.

다양한 독서법을 구사할 줄 알아야 한다

~~~~~~~~~~

질문 :　　　저는 본능적으로 책에 따라 나름대로 조금씩은 다르게 읽어왔던 것 같은데요, 선생님 말씀대로라면 다양한 독서법을 알아두고, 책에 따라서 그에 맞는 방법을 구사하란 말씀인가요?

답변 :　　　　　바로 그겁니다. 예를 들어 시집을 읽을 때 빨리 읽으면 20분도 안 되어서 다 읽겠지요. 그렇게 한 번 읽으면 그 책은 이제 다 본 책이라고 말할 수 있나요? 극단적인 예를 들어볼게요. 100권의 책을 읽겠다고 마음먹고 시집 100권을 읽으면 일주일 안에라도 다 볼 수 있을 거예요. 물론 시에 대해 공부한다거나 시가 좋아서 그렇게 읽는다면 의미가 있겠지만, 그게 아니라면 물리적으로 100권의 책을 읽기만 하는 행위에 무슨 의미가 있을까요?

당연히 시는 그렇게 읽지 않겠죠. 시는 그저 많이 읽는 데에 의미가 있는 게 아니니까요. 시의 어떤 문장 하나가 머리가 아닌 가슴에 꽂히는 순간, 시인이 말하는 세상을 만나게 되고 책장을 덮고 생각에 잠기게 되잖아요. 그런 순간을 만나려고 시를 읽는 것 아닐까요?

숙독은 그런 것입니다. 책을 단순히 읽는 행위가 아닌 책을 통해 더 깊은 사유로 통하는 길을 여는 독서법이지요. 책을 읽을 때 처음에는 작가가 적어놓은 글자text를 읽지만 어느 순간 그 글자 뒤의 맥락context을 읽을 수 있게 됩니다. 그로써 세상을 읽어내는 또 하나의 통찰을 얻게 되는데요, 마치 세상이라는 큰 그림을 맞추기 위한 퍼즐 한 조각을 손에 쥐는 것과 같지요. 책을 많이 읽어야 하는 이유는 세상의 다양한 퍼즐 조각을 얻기 위함이 아닐까요? 퍼즐 조각이 많아질수록 세상이라는 밑그림을 더 많이 이해할 수 있으니까요.

옛 속담에 "장님 코끼리 말하듯 한다"라는 말이 있어요. 코끼리의 코를 만진 사람은 코끼리를 커다란 뱀처럼 길쭉하게 생겼다고 말하고, 코끼리의 귀를 만진 사람은 커다란 원반처럼 넓고 납작하다고 말하고, 다리를 만진 사람은 건물 기둥처럼 굵고 둥글다고 말한다는 이야기죠. 다 틀린 말은 아니잖아요. 각각 코끼리의 특성을 이야기하고 있지만, 문제는 전체 코끼리의 실체는 아무도 보지 못하고 있다는 거지요.

저는 우리가 책을 읽는 행위가 마치 세상이라는 코끼리를 만진 한 명 한 명의 이야기를 들어보는 거라고 생각해요. 저마다 다른 방식으로 세상을 보고 그것을 글로 표현해놓은 것이 책이잖아요. 그렇게 수많은 사람의 이야기를 읽어나가다 보면 내가 살고 있는 세상이 어떤 곳인지 조금씩 이해할 수 있게 되니까요.

추천 도서를 읽는 가장 현명한 방법

책 읽는 사람은 의무가 아니라 사랑의 길을 걸어야
한다. 어떤 명작을 억지로 읽는 것은 잘못이다.
독서는 사랑하는 것에서 시작되어야 한다.
- 헤르만 헤세

나와 맞는 책 vs 나와 맞지 않는 책

질문 :   선생님께서 혹시 추천해주실 책은 없나요? 가장
메모를 많이 했다거나 하는 그런 책요.

답변 :   추천 도서야 많죠. 하지만 저는 여러분에게 추천
도서를 알려드리기보다는 수많은 추천 도서 중에서 좋은 책을 가
려내는 방법을 알려드리고 싶네요.
    책을 빨리 읽지도 못하는데 '읽어야 하는 책'은 너무나 많죠.

그래서 사람들은 가장 필요한 책을 가려 보기 위해 추천 도서를 참고해요. 시간은 없고 배워야 할 건 많은데, 알아야 할 지식과 정보는 너무나도 많습니다. 그래서 그것들을 습득하기도 전에 질려버리고 마는 게 현실이지요.

우리는 '읽어야만 하는' 책들을 보기 위해서 '읽고 싶은' 책들을 밀어내지요. 책을 읽기 힘든 이유가 바로 거기에 있는 건 아닐까요?

책은 하나의 지적인 인격체입니다. 한 사람의 생각이 하나의 논리로 엮여 있고, 그 논리로 독자와 소통을 하니 인격체라는 말이 과장이 아닐 거예요.

사람들과의 관계에서처럼 책도 나와 결이 맞는 책이 있고, 맞지 않는 책이 있습니다. 심지어 저는 좋아하는 저자의 책이라도 번역자에 따라 잘 맞는 책이 있고, 안 맞는 책도 있어요.

앞서 독서를 연애와 많이 비유했는데요, 독서가 연애라면 도서 추천은 마치 사람을 소개해주는 것과 비슷해요. 추천해주는 사람 입장에서는 괜찮다고 생각되지만, 추천받는 입장에서는 취향에 따라 별로일 수 있습니다. 그 사람이 정말 '진국'이고 좋은 사람이어도 꼭 연애를 해야 하는 건 아니듯 추천 도서라 해서 반드시 읽을 필요는 없습니다.

책도 당장 나에게 끌리는 책이 아니면, 읽어도 그 내용이 잘 남지 않는 경우가 많아요. 결국, 추천 도서는 어디까지나 나의 기준이 아니라 '타인의 기준'에서 좋은 책이니까요. 추천 도서를 무조건 읽지 말라는 뜻이 아니라, 책을 선택하는 기준을 나에게 두어야 한다는 말입니다.

타인의 추천 도서는 참고 사항

독서가 즐거우려면 반드시 나만의 기준이 있어야 합니다. 그래야 타인의 시선을 의식하지 않고 몇 권을 읽었는지, 얼마나 시간이 흘렀는지 계산할 겨를도 없이 책 내용에 푹 빠져 읽을 수 있습니다. 학창 시절 만화책을 보며 시간 가는 줄 몰랐던 경험처럼 말이죠.

독서를 할 때 타인의 기준은 참고 사항일 뿐 그리 중요하지 않습니다. 저도 좋은 책을 찾기 위해 부단히 애쓰던 시절이 있었는데요, 그때 잭 캔필드가 쓴 『내 인생을 바꾼 한 권의 책』(리더스북, 2013)이라는 제목이 눈에 띄어서 읽었어요. 유명인들이 저마다 자기 삶에서 의미 있었던 한 권의 책을 추천해주는 에세이이지요. 재미있는 것은 그 추천 도서가 다 다르다는 겁니다.

물론 많은 사람이 공통으로 추천하는 책이라면 한 번쯤 읽어보는 것도 좋습니다. 여러 사람이 추천하는 데는 분명히 이유가 있거든요. 하지만 누군가가 알려준 추천 도서가 아니라, 지금 내가 보고 싶은 책이 있다면 그 책이 가장 훌륭한 추천 도서입니다. 책은 답이 아니라 길이기에 지금 내가 보고 싶은 책에서 시작하더라도, 분명 더 좋은 책으로 당신을 안내하게 될 것입니다. 내 기준에서 선택하지 않은 경우에는 길을 잃어버리고 말죠. 때론 현명하게 길을 잃어버리기 위해서 책을 읽기도 하지만 그건 내 길을 분명히 알고 있을 때 누릴 수 있는 하나의 특권이에요. 내 길이 어디인지 모르는 사람은 그저 방황만 할 뿐이죠.

가장 먼저 자신이 원하는 책부터, 지금 읽기 쉬운 책부터 읽어보세요. 타인 기준에서의 독서, 책 중심의 독서에서 벗어나서 자유로운 책 읽기를 시작해보세요. 이제까지와는 다르게 책을 대하고 친해지면, 책은 여러분에게 더 많은 것을 선물해줄 거예요.

•

어떤 책이냐에 따라 완독의 기준은 달라집니다.

•••

책을 좁게만 읽으면
안목이 안 생기고,
넓게만 읽으면 깊이가
안 생깁니다.

••

'차례'는 읽고 싶은
부분부터 찾아 읽으라고
존재하는 것입니다.

••••

책을 천천히 보는 이유가 혹시 '꼼꼼히 한 번 보고,
다시는 읽고 싶지 않아서'는 아니었나요?
책을 언제든 다시 볼 수 있다는 사실만 깨달아도
훨씬 빨리 읽을 수 있습니다.

•••••• •

타인의 추천 도서보다
나 스스로 원하는 책을
발견하는 하는 것이
중요합니다.

•••••

기어 1단에 놓고 시속
100킬로로 달릴 수는
없습니다. 속독은 읽기
모드를 바꾸는 것이지,
무작정 속도만 높이는 것이
아닙니다.

3장

나의 독서 수준은 어디쯤 와 있을까?

나를 읽다

타인의 기준을 버리다

책은 꿈꾸는 것을 가르쳐주는 진짜 선생이다.

- 가스통 바슐라르

우리는 지금까지 독서에 대한 다양한 편견을 살펴보았습니다. 우리가 이런 편견들을 갖게 된 가장 큰 이유는 지금까지의 독서 기준이 내가 아닌 타인에게 있었기 때문입니다.

타인의 기준 → 나만의 기준
책 중심의 독서 → 나 중심의 독서
타인의 독서법 → 나만의 독서법

타인의 기준을 버리고 나만의 기준을 세우면 독서는 기존과 전혀 다른 행위가 됩니다. 단순히 읽는 행위를 넘어 삶을 변화시키는 촉매제가 되지요. 어떤 책도 결국에는 나만의 시각에서 읽을 수밖에 없습니다. 책이 재미없는 이유는 단순합니다. 독서하는 과정 속에 '나'가 빠져 있기 때문이에요.

소설을 읽으며 소설 속 주인공이 되어보기도 하고, 시를 읽을 땐 시인이 되고, 경제경영서를 읽을 땐 한 명의 사업가가 되는 거예요. 그렇게 내가 주인공이 된 독서는 재미있습니다. 책을 눈이 아니라 마음으로 읽을 수 있기 때문이죠.

독서는 나를 발견하기 위한 과정

나만의 기준이 없으면, 나보다는 책 중심의 독서를 하게 됩니다. 우리가 오랫동안 공부하면서 들여온 습관이기도 해요. 학교에서는 늘 책 속에 정답이 있었지만 인생에는 정답이 없습니다. 수많은 책이 각기 다른 정답을 말합니다. 그게 글을 쓴 작가가 찾은 답이기 때문입니다. 인생의 정답은 삶의 기준에 따라 달라지니까요. 그러니 먼저 나를 발견하는 것이 순서라고 할 수 있겠네요.

책 속에서 답이 아니라 길을 발견하려면, 내가 어디로 가고 싶은지부터 알아야 합니다. 내가 어디로 가고 싶은지 알고 싶다면, 책 중심의 독서에서 벗어나 나 중심의 독서를 시작해보세요. 책은 글자를 읽으려고 보는 것이 아니라, 그 속에서 나를 발견하기 위해 읽는 것입니다.

이 책에서 소개하는 독서법을 포함해서 모든 독서법은 어디까지나 참고 사항입니다. 모든 사람이 다 다르듯이 우리가 책을 읽는 방법도 각자 다를 수밖에 없어요. 누군가는 서점에서 책과 사랑에 빠지기도 하고, 어떤 사람은 도서관에서 인생을 바꾸기도 하고, 또 다른 사람은 카페에서 책을 읽는 방법을 깨우치기도 하니까요. 사랑에 빠지는 순간은 제각각이잖아요. 그리고 저마다의 방식으로 사랑을 배우지요. 수많은 시행착오를 거쳐가면서 말이죠.

책을 잘 읽는 사람은 수많은 시간을 자기만의 시행착오를 거쳐 자기만의 독서법을 정립한 사람들입니다.

때로 책을 버려야 책이 보인다

여러분이 어디에서 무슨 책을 읽을지 알 순 없지만, 여러 장소에서 여러 책을 읽다 보면 반드시 운명적인 책을 만나게 됩니다. 그 책이 여러분의 삶을 지금보다 더 풍요롭게 만들어줄 첫 번째 책이죠.

어떤 사람을 만나느냐에 따라 연애하는 방식도 달라지잖아요. 만나는 책이 어떤 책이냐에 따라 읽는 방법도 다를 수밖에 없어요. 하나의 독서법을 모든 책에 적용하긴 어렵습니다. 그러니 자신만의 독서법을 발견해보세요.

그때부터 독서는 연구가 아니라 연애가 됩니다. 연애를 책으로 배울 수 없듯이 독서도 책으로 배우는 것은 분명 한계가 있어요. 때론 책을 버려야 책이 보입니다. 지금까지 타인의 기준으로 읽어왔던 책을 버리고, 나만의 기준으로 다시 책을 읽어보세요.

내 것이 아니면 과감히 버리고, 가장 나다운 것을 다시 찾는 것. 결국 우리가 책을 읽는 목적이 거기에 있으니까요.

독서는 숙제가 아니라 축제다

나는 재산도 명예도 권력도 다 가졌으나,
생애 중 가장 행복했던 순간은 독서를 통하여 얻었다.
독서처럼 값싸고 영속적인 쾌락은 없다.

- 몽테스키외

독서라는 특권

말콤 글래드웰의 『다윗과 골리앗』(21세기북스, 2014)에는 난독증이 있는데도 크게 성공한 사람들의 이야기가 나옵니다. 리처드 브랜슨, 찰스 슈왑, 데이비드 닐먼 등이 바로 그들이지요. 이런 사람들을 보면서 "그래 책이 전부는 아니야"라고 스스로 위안을 삼는 분들이 있습니다.

그런데 곰곰 생각해보면 그들은 '책을 읽을 수 있는 특권'이 없기에 치열하게 다른 것을 '읽음'으로써 더 나은 자신을 창조해낸 사람들이었다는 걸 발견하게 됩니다. 그들은 글을 읽기 어려웠기 때문에 더 치열하게 보고, 듣고, 생각했던 사람이었습니다. 자신에게 필요한 수많은 정보를 텍스트가 아닌 다른 것을 통해 끊임없이 습득해왔던 것이지요.

사실 책을 읽을 수 있다는 것은 특권입니다. 중세 시대에 책(성서)은 그 자체로 권력의 상징이었습니다. 문자를 읽는다는 자체가 엄청난 권리였지요. 구텐베르크의 인쇄술이 혁명이 될 수 있었던 이유는 그의 인쇄술을 통해 더 많은 사람에게 책이 보급되면서 극소수의 사람만이 가지고 있던 지식이 대중에게 확산되었기 때문입니다. 평범한 사람들 속에서도 지식인이 생겨나기 시작한 것이지요. 루터의 종교개혁도 그런 시대적 배경이 있었기에 가능했고, 빈민 출신의 레오나르도 다빈치 같은 천재도 그러한 인쇄술 발전을 바탕으로 탄생했습니다. 인쇄술이 없었다면 르네상스도 없었을 테니까요.

여러분은 원하기만 한다면 얼마든지 좋은 책을 누릴 수 있는 세상에 살고 있습니다. 설령 사서 볼 여력이 부족하더라도 도서관이 곳곳에 있고, 중고 서점도 활성화되어 있어서 좋은 책을 빌리거나 저렴하게 구입할 수 있게 되었습니다. 『군주론』을 지은 마키아벨리가 살던 시대처럼 책 한 권을 사기 위해 노동자의 월급 절반 정도를 투자하지 않아도 되는 시대입니다.

중요한 것은 눈에 보이지 않는 법입니다. 공기가 없으면 우리는 1분도 견디지 못하고 죽겠지만 보이지 않기에 그 소중함을 잊고 살지요. 책도 마찬가지입니다. 너무 흔해서 그 가치와 소중함을 잊고 살 뿐입니다. 극히 일부 사람만이 진정 그 가치를 알고 그것에 시간과 돈을 투자하지요. 그 차이를 모르고서 함부로 책을 읽지 않아도 된다고 말하는 것은 무척이나 위험합니다. 물론 우리 삶을 풍요롭게 하는 정말 많은 것이 있지만 책만큼 짧은 시간 안에 깊은 성장을 이끌어내는 자율적인 수단은 거의 없지요.

나와 세상을 변화시키는 힘, 책

책은 사람을 바꿉니다. 그리고 책으로 바뀐 사람들을 통해 세상이 바뀌었습니다. 종교개혁도, 르네상스도, 산업혁명도 뿌리에는 책이 있었습니다. 책은 사람을 변화시키고, 사람은 세상을 변화시키고, 세상은 책을 변화시키는 순환 고리가 되는 셈입니다.

책을 읽는다고 모든 사람이 변하지는 않습니다. 똑같은 이야기를 읽고 듣고 생각해도, 사람마다 받는 영향은 다를 수밖에 없어요. 사람이 책을 통해서 바뀔 수 있는 이유는 그 사람이 바뀔 준비가 되었기 때문입니다. 사실 책을 읽어도 큰 변화를 못 느낄 때가 더 많거든요. 그건 대부분의 시간에 우리가 바뀔 준비가 되지 않았기 때문이지요. 책은 결코 답을 알려주지 않습니다. 오히려 내가 답이라고 생각한 것을 깨트리는 경우가 더 많죠. 나아가 작가가 말하는 답이 나에게는 답이 아닐 가능성도 높아요. 그와 내가 살아온 인생이 전혀 다르기 때문입니다.

그럼에도 불구하고 책을 많이 읽어야 하는 이유는 단순합니다. 삶이 달라지는 준비 역시 독서를 통해 가능하기 때문입니다. 작은 지식들은 작은 생각의 변화를 낳고, 그 작은 생각들은 작은 행동의 변화를 낳으니까요. 그런 생각과 행동의 변화들이 축적되어 임계점을 넘을 때 우리는 어느 순간 극적인 변화를 체험합니다.

책을 읽고 난 후에 나는 그 전과는 다른 내가 됩니다. 책을 읽고 나서도 계속 똑같은 나라면 그것은 제대로 독서한 것이 아닙니다. 모든 책이 그리고 모든 텍스트가 나에게 운명적으로 손짓하지 않습니다. 하지만 많은 책을 읽다 보면 나에게 운명적인 책을 반드시 만날 수 있습니다. 그런 책을 만나기 위해 우리는 빨리 책을 읽는 법도 알아야 합니다. 모든 이성에게 똑같은 관심을 줄 수 없듯, 모든 책에 똑같은 시간을 들일 수는 없기 때문이지요. 그런 책을 만났다면 그때부터는 그 어떤 책보다 천천히 읽는 법도 알아야겠지요. 그 책과 뜨거운 연애를 시작해야 하니까요. 이렇게만 읽을 수 있어도 제법 근사하지 않을까요.

독서는 자유의 도구다

너희는 진리를 알게 될 것이며
진리가 너희를 자유롭게 할 것이다.

–「요한의 복음서」8장 32절, 공동번역

좋은 독서는 인간을 자유롭게 합니다. 편견에서 자유로워지고, 자신의 단점에서 자유로워지고, 경제적 문제에서 자유로워집니다. 관계의 고통에서 자유로워지고, 삶의 막연함에서 자유로워집니다. 독서만큼 사람을 자유롭게 하는 것은 없습니다.

사람들은 독서가 무엇인지 알고 있다고 생각하지만, 사실 잘 모릅니다. 심지어 독서에 대해 강의하거나 책을 많이 읽은 분들 중에서도 자유로운 독서가 아니라, 자신과 타인을 구속하는 독서를 권하는 경우도 많이 보았습니다. 독서가 자신을 자유롭게 하는 지점에 다다른 이는 극소수였어요. 그래서 사람들이 책을 읽기 어려워하는 건 아닐까요?

독서는 자유의 도구입니다. 다시 말하면 자유로운 독서가 진정한 독서입니다. 책에 속박되어 하는 독서가 아니라 책에서 자유로워질 때 성장이 시작됩니다.

여러분이 영화를 좋아한다고 가정해봅시다. 만약 자신이 영화 평론가가 아니라면 영화에서 자유로울 수 있습니다. 영화를 봐야 한다는 강박도 없겠지요. 자연히 영화를 부담 없이 대할 수 있고, 자신의 취향에 맞는 영화를 발견하게 됩니다. 하지만 만약 그것이 일이 된다면 어떨까요? 예전만큼 영화가 재미없다고 느낄 수 있어요. 순수하게 영화를 관람할 때에는 자유로웠지만, 영화평론을 일로 하면 더 이상 순수하게 즐길 수 없기 때문입니다. 자유가 없으면 사람은 즐거움을 잃어버립니다. 즐거움은 철저하게 자유를 기반으로 합니다.

스타벅스는 커피를 팔지 않는다

혹시 커피 좋아하시나요? 저도 커피를 좋아합니다만, 어느 순간 대한민국은 커피 공화국이 되었습니다. 어떻게 그런 변화가 일어났는지 생각해보세요. 정부에서 커피 문화 확산을 위한 캠페인을 열었나요? 학교에서 매일 커피를 마시며 수업에 참여하는 것을 장려해서일까요? 아시다시피 그런 일은 없었습니다. 어떻게 쓰디쓴 커피가 사람들을 사로잡을 수 있었을까요?

저는 그 비밀을 '자유'에서 찾습니다. 커피는 '자유'의 상징이 거든요. 요즘 커피 전문점에서 커피를 마시며 일하는 사람들이 많 잖아요. 그들이 마시는 것은 '한 잔의 커피'가 아니라 '시간의 자유'입니다. 이제는 많이 알려진 이야기인데요, 세계적 커피 브랜드 스타벅스의 CEO 하워드 슐츠의 비전은 커피를 많이 파는 것이 아니었습니다. 그는 사람들에게 "집과 회사 사이의 제3의 공간을 제공하겠다"는 비전을 가지고 있죠. 하워드 슐츠가 이야기한 제3의 공간의 본질은 무엇일까요?

자유입니다. 누구나 귀가하면 집에서 해야 하는 일이 있고, 회사에 가면 처리해야 할 업무가 있지요. 엄마, 아빠, 사원, 대리, 과장, 차장, 부장, 이사, 전무, 대표…….

집과 회사는 나에게 주어진 역할을 수행해야 하는 공간이지만, 그 사이에 있는 제3의 공간은 잠깐 쉴 수 있는 자유 자체입니다. 하워드 슐츠가 커피의 가치를 잘 담아낸 것이지요. 흔히 말하는 '커피 한 잔의 여유'랄까요?

커피가 자유를 상징한다면 커피에 중독된 사회는 그만큼 자유가 없는 사회라고 해석할 수 있습니다. 자유민주주의의 이념적인 의미에서 말하는 것이 아니라, 사람들이 느끼고 있는 내면적 자유를 말합니다. 그 어떤 시대보다 자유로운 시대를 살아가는 현대인이 역설적이게도 끊임없이 자유를 갈망하는 것은 참 아이러니합니다.

독서가 주는 진정한 자유

잠자는 사람은 편해 보이긴 하지만 자유가 없죠. 잠에서 깬 사람은 당장의 편안함은 포기해야 하지만 대신 자유가 주어집니다. 내가 원하는 것을 할 수 있고, 원하는 곳으로 갈 수 있어요. 커피가 육체적 잠을 깨워주는 음료라면, 독서는 정신적 잠을 깨워주는 각성제입니다.

책을 읽으면 새로운 것을 알게 됩니다. 새로운 것을 알게 된다는 것은 기존에 내가 알던 것이 무너지는 경험이기도 합니다. 내면의 낡은 울타리를 허물고 저 멀리 시야가 닿는 곳까지 새로운 울타리를 세우는 과정이지요. 그런 과정을 반복하다 보면 내가 알고 있던 것이 얼마나 보잘것없었는지를 깨닫게 됩니다. 얼마나 편협한 시각을 가지고 있었는지, 얼마나 많은 편견에 사로잡혀 있었는지 깨닫게 되죠. 그 순간 하나의 편견에서 자유로워지는 경험을 하게 됩니다.

독서는 책 속에 있는 또 다른 나를 만나는 과정입니다. 지금까지 억눌려왔던 내면의 기억과 조우합니다. 타인의 이야기에서 필연적으로 나를 보게 됩니다. 나의 단점, 상처, 아픔, 내가 마주하고 싶지 않았던 나의 다양한 모습도 속절없이 보게 됩니다. 그리고 위로받습니다.

나 혼자만 아팠던 게 아니라는 사실에 위로가 되고, 나보다 더

한 고통과 상처를 가진 사람들의 이야기에 공감을 하며 내가 가진 것에 감사하는 마음을 갖게 됩니다. 물론 모든 책에서 그런 만남이 일어나진 않습니다. 분명한 것은 책의 길을 따라가다 보면 다양한 풍경을 만나게 되고, 그 풍경 속에서 마치 거울처럼 나의 이야기를 볼 수 있다는 점입니다. 이렇게 책을 읽으면서 '나'를 만나고, 나의 단점, 상처, 아픔에서 한결 자유로워집니다.

책은 내가 가난한 이유도 설명해줍니다. 진정한 부자는 돈을 많이 가진 사람이 아니라, 더 많은 돈을 벌어야 한다는 생각에서 자유로운 사람이라는 사실도 알게 됩니다. 설령 여러분의 통장에 수십억 원 이상의 잔고가 있다고 하더라도 더 많은 돈을 벌기 위해 노력하고 있는 이상 부자가 아닌 셈이지요.

진짜 부자는 더 벌지 않아도 살아가는 데 아무런 문제가 없기 때문에 돈을 더 많이 버는 것보다 그것을 어떻게 쓸지, 그리고 어떻게 지킬지에 더 관심이 많다는 겁니다. 이것은 박경철 원장의 『시골의사의 부자경제학』(리더스북, 2011)에 나오는 이야기입니다. 물론 다른 주장과 논리를 가진 분도 있겠지만, 저에게는 지금까지 읽었던 글 중 가장 설득력 있는 내용이었습니다.

이처럼 책을 통해 돈을 바라보는 관점이 달라지고, 자본주의 시스템 속에서 나의 위치를 조금 더 정확히 인식하게 되며, 내가 무엇을 해야 하는지 진지한 질문을 시작할 수 있게 됩니다. 그 질문이 경제적 문제에서 나를 구원해줄 마스터키입니다. 좋은 질문으로 시작하면 좋은 답을 얻을 수 있게 마련이니까요.

책은 관계가 주는 고통에서도 자유로움을 줍니다.

대체로 관계가 '단절'되는 이유는 사람을 '단정'하는 데서 비롯되지요. '○○○은 이런 사람이야'라고 단정 지어버리면 편리하거든요. 그 사람이 어떤 사정이 있든 중요하지 않고 내 멋대로 해석할 수 있게 되니까요. 이미 단정 지었기 때문에 더 이상의 질문이 사라지게 되고, 질문이 사라진 관계는 건강하게 유지되기 어려운 법입니다. 질문은 관심이거든요. 사람을 단정 지어버리면 그 사람에게 어떤 일이 생겼을 때 질문이 아니라 판단부터 내리게 됩니다.

'그럴 줄 알았어.'

'또 그러네.'

무서운 것은 내가 내린 단정이 확신이 되어 다른 사람들과 공유될 때입니다. 그땐 오해 수준을 넘어 폭력으로 치닫지요.

우리가 소설을 읽는 이유는 미처 내가 알지 못했던 많은 사람들의 여러 이야기가 존재한다는 것을 인정하기 위함이 아닐까요? "모든 행복한 가정은 서로 닮았고, 모든 불행한 가정은 제각각으로 불행하다"라는 『안나 카레니나』(열린책들, 2018)의 첫 문장처럼 말이죠.

책을 읽으면서 공감 범위가 확대되고, 눈에 보이는 현상 이면의 본질을 간파하는 안목이 생겨나면 그런 판단에서 조금씩 자유로워질 수 있습니다. 타인의 판단에 대해서도 자유로워지며, 나역시 타인을 바라보는 시선이 단정적이기보다는 관심 어린 질문으로 바뀌게 될 테니까요. 그런 태도 변화가 우리를 관계의 고통에서 구원해줄 수 있습니다. 이처럼 독서는 삶의 진정한 자유를 선사합니다.

독서가 자유의 도구라면 책을 읽는 방식 역시 자유로워야 합니다. 자유를 얻기 위해 책에 속박당하는 모순에 빠질 필요는 없어요. 너무 잘 읽으려고 하지 마세요. 그냥 읽어도 괜찮습니다. 처음부터 잘 읽기는 힘듭니다. 독서법 책을 읽었다고 갑자기 독서가 잘되지는 않습니다. 독서뿐만 아니라 많은 일이 그렇습니다. 자꾸 '잘'하려고 할수록 오히려 잘 안 되거든요. 그 '잘'이라는 단어가 자유를 빼앗아 가기 때문입니다. 책에서 자유로워지세요. 자유로운 독서는 재미있습니다. 재미가 있으면 자연스럽게 빠져들 수 있고, 빠져들어 읽으면 책이 주는 더 큰 자유를 맛볼 수 있어요.

독서는 어떻게 인간을 변화시키는가?

좋은 책을 읽는다는 것은
과거의 가장 훌륭한 사람들과 대화하는 것이다.
– 데카르트

독서는 직선이 아니다

많은 사람이 독서를 매우 평면적 활동으로 생각합니다. 대개
'눈으로 책에 있는 글자를 읽고 이해하면서 끝까지 다 보는 행위'
정도로 인식하고 있습니다. 불과 몇 년 전의 제 인식이 그러했습
니다. 그런데 책을 진지하게 읽고 책과 교감하기 시작하면서 독서
가 매우 입체적인 활동이라는 사실을 알게 되었어요.

내가 이미 알고 있던 지식과 책으로 접한 새로운 지식이 결합
하면서 이제까지와는 다른 생각이 떠오르고, 그런 생각에 충분한
근거를 확보하게 되었습니다.

제가 누차 독서를 연애에 비유하는 이유가 바로 거기에 있습니다. 우리가 경험하는 활동 중에 가장 복잡 미묘하면서도 입체적인 활동이 바로 연애이기 때문이죠. 우리는 대부분 직선적인 사고를 합니다. A와 B를 연결하는 단 하나의 선만 존재한다고 생각하지요. 하지만 독서는 직선이 아니에요. A와 B를 잇는 무수히 많은 곡선이 존재합니다. 독서가 책을 읽고 '아 그렇구나' 하고 이해하면 끝나는 단편적인 활동이 아니라는 뜻입니다.

독서는 책과 나 사이를 이어주는 하나의 연결고리(원)가 생기는 과정입니다. 비단 책뿐이 아닙니다. 실제로 내가 살아가면서 체험한 것들, 학교에서 공부했던 지식들, TV로 보고 들은 정보들, 누군가에게 전해 들은 이야기, 수많은 광고 카피까지…… 살아오면서 내 안에 축적된 모든 정보는 중요도에 따라 뇌가 알아서 잘 분류해두었는데요, 책을 보는 순간 새로운 지식이 입력되고, 우리 뇌에서는 다시 그 지식을 바탕으로 재조합하는 과정을 거치게 되는 거죠.

우리가 어떤 사람을 만나면 그 사람과의 관계를 통해 자신이 달라지는 경험을 하게 됩니다. 그 만남이 두 사람 모두에게 상호작용을 일으키기 때문이지요. 사랑도 우정도 모두 그 상호작용의 결과니까요.

책도 마찬가지입니다. 앞서 책은 저자가 만들어낸 '지적 인격체'라고 말씀드렸지요. 자기(책)만의 생각이 있고, 그 생각을 뒷받침하는 근거들로 채워진 텍스트와 이미지가 있는 것이죠. 책을 읽는다는 것은 결국 한 명의 지적 인격체와 상호작용하는 것입니다. 한 사람 한 사람과의 관계가 이어져 나라는 하나의 인간이 존재할 수 있듯이, 한 권 한 권의 책 속 지식들이 이어지면서 내 안에 지성이 탄생할 수 있습니다.

독서는 결국 '나'를 읽는 과정이다

어떤 사람을 만나느냐에 따라 인생은 달라집니다. 부모님이 누구신지, 스승님이 누구신지, 친구가 누구인지가 나를 말해주는 하나의 정체성이기도 하니까요.

하지만 대체로 그런 만남은 이미 주어진 환경일 가능성이 높지요. 내가 선택한 것이 아니라, 누군가에 의해 선택된 것입니다. 그것을 바꾸기는 매우 어렵습니다. 아예 불가능한 부분도 있고요.

독서라는 행위가 놀라운 이유는 책을 통해 스스로 나의 정체성을 새롭게 구축할 수 있을 뿐 아니라 매우 자유로워진다는 데 있습니다.

"사람은 책을 만들고, 책은 사람을 만든다"라는 말처럼 책은 사람을 변화시킵니다. 내가 바꿀 수 없는 환경에서의 나는 정해진 틀을 벗어나기 어렵지만, 책은 시공간을 초월하여 내가 만날 수 없는 사람, 내가 생각지도 못한 발상, 내가 한 번도 느껴보지 못한 감정을 만나게 해주기 때문이에요.

독서는 스스로 자신의 정체성을 발견하고 찾을 수 있는 가장 뛰어난 방법인 셈이죠. 사람을 만나는 데는 많은 제약이 따르지만, 책은 마음만 먹으면 얼마든지 읽을 수 있잖아요. 수천 년 전에 살다 간 철학자, 세계적으로 뛰어난 경영자, 소설을 통해 내가 살아보지 못한 인생을 만날 수 있어요. 그저 가까운 도서관이나 서점에만 가도 충분히 가능한 일이죠.

우리는 어릴 때부터 늘 책을 많이 읽어야 한다고 들어왔지만, 그 말의 진짜 의미는 모른 채 그 사실에만 매달려왔는지도 모릅니다. 교육의 진정한 의미는 자기만의 정체성을 찾기 위함입니다. 공부를 잘해서 좋은 대학에 가고, 좋은 직장에 가는 것은 부차적인 문제지요. 독서의 본질을 이해하지 못하고 그것을 통해 부수적으로 얻어지는 결과에만 집중한 나머지 인생 대부분의 시간을 '나다움을 발견하기 위해서'가 아닌, '무언가가 되기 위해서' 살아가는 것이 현실이니까요.

아이들이 책을 읽어야 하는 이유도 거기에 있습니다. 부모가 정해놓은 생각의 틀 속에서 그들을 더 나은 부속품이 될 수 있도록 다듬는 과정이 아니라, 아이들 스스로 자신의 정체성을 발견하고, 그 길을 개척해나갈 수 있는 힘을 길러내기 위해 독서가 필요한 것이지요.

이 글을 쓰고 있는 오늘 아침, 저는 신영복 선생의 『변방을 찾아서』(돌베개, 2012)라는 책과 루쉰의 아포리즘을 엮은 『희망은 길이다』(예문, 2012)라는 책을 읽었습니다. 루쉰은 제가 태어났을때 이미 세상을 떠난 작가였기에 어쩔 수 없다고 치더라도, 불과몇 년 전에 작고하신 신영복 선생의 글을 읽다 보면 좀 더 일찍 그분의 책을 읽고 직접 만나 뵙지 못한 아쉬움이 밀려옵니다. 독서에 늦게 눈뜬 저는 작년에야 처음으로 그분의 글을 읽고 진정한가르침을 배울 수 있었어요. 하지만 중요한 것은 여전히 그의 글은 책으로 남아 있고, 그 책은 언제든지 볼 수 있다는 점입니다.

다른 책들도 마찬가지예요. 책은 내가 만날 수 없는 사람을만날 수 있게 해주는 마법 지팡이입니다. 언제든지 볼 수 있습니다. 그래서 한 번의 만남으로는 충분하지 않은 좋은 책들은 사서볼 수밖에 없고요.

저는 책을 잘 읽고 싶어서 수많은 독서법 책을 읽고, 강의도 들었습니다. 하지만 어느 순간 깨닫게 되었어요. 독서라는 것은 철저하게 개인적인 만남이라는 것을요. 처음에는 책을 읽었지만, 어느 순간 그 책을 통해 작가의 생각을 읽을 수 있었고, 결국엔 작가의 생각과 대화하는 저 자신을 읽을 수 있었어요. 그런 과정들을통해 세상을 바라보는 시각도 차츰 달라졌습니다.

책에는 사람을 변화시키는 강력한 힘이 있습니다. 만약 당신이 지금보다 더 나은 삶을 꿈꾼다면 여러 책을 만나보세요. 인류가 만든 놀라운 지성의 네트워크에 직접 접속해봐야 합니다. 그런 만남을 통해 여러분은 분명 이전과는 전혀 다른 새로운 자신을 발견할 수 있게 될 테니까요.

내 독서 수준은 어디쯤일까?

나는 책을 읽을 때 어려운 부분과 만났다고 해서
결코 지나치게 골똘히 생각하지 않는다.
한두 번 고쳐 생각하다가 그냥 내버려둔다.
어려운 부분을 계속 고집하면 자기 자신과 시간을
모두 잃고 만다. -몽테뉴

독서에 대해 말하는 책은 상당히 많습니다. 그러나 저자마다 독서 수준이 다르고, 자기만의 방식으로 독서법을 정립해왔기 때문에 그 책을 읽고 그대로 따라 한다고 해서 나의 독서력이 바로 높아질 가능성은 적습니다.

독서는 운동과 비슷하거든요. 근력을 키우려면 꾸준히 운동을 해야 하듯이 독서력을 키우려면 꾸준히 독서를 해야 합니다.

우리가 영상 콘텐츠에 매료되는 이유는 여러 환경 요인으로 예전보다 접하는 빈도가 높아졌기 때문이고, 다양한 콘텐츠에 노출되다가 재미있는 콘텐츠를 발견할 확률도 높아졌기 때문이죠.

책도 마찬가지입니다. 나 자신에게 책이라는 콘텐츠를 더 많이 노출해주고, 여러 가지 책을 재미있게 들춰보다 보면 나에게 정말 필요한 책, 내 마음을 흔들어주는 문장들을 만나게 됩니다. 그런 감동과 울림은 다른 콘텐츠에서 주는 것과는 또 다른 것이지요. 그것을 느껴보는 것이 가장 중요합니다. 이런 느낌 없이 아무리 열심히 독서를 한다고 해도 지속적인 책 읽기로 연결되기는 어렵습니다. 오히려 지적 쾌락을 주지 못하는 독서는 상당한 부담으로 다가올 수밖에 없어요.

그래서 무엇보다도 자신의 독서 수준을 정확히 이해하는 것이 중요합니다. 우선 자신의 수준을 이해하고 나면 지금 상태에서 무엇을 해야 하는지 알 수 있기 때문이지요.

이 책은 책을 잘 읽을 수 있는 뛰어난 방법을 알려주는 게 목적이 아닙니다. 그건 책 중심의 독서예요. 많은 책을 잘 읽는 방법을 배우는 것은 마치 다양한 사람을 더 잘 만날 수 있는 대인관계 기술을 배우는 것과 비슷해요. 그런 기술이 도움은 되겠지만 어디까지나 본질은 아니지요.

독서는 철저하게 나 중심의 지적 활동입니다. 똑같은 책을 읽더라도 각자 자신의 경험이나 독서 수준에 따라 전혀 다른 생각을 할 수밖에 없어요.

모티머 J. 애들러는 『독서의 기술』(범우사, 1993)이라는 책에서 독서 수준을 다음과 같이 4단계로 구분하고 있습니다. '기초 읽

독서 수준별 12단계

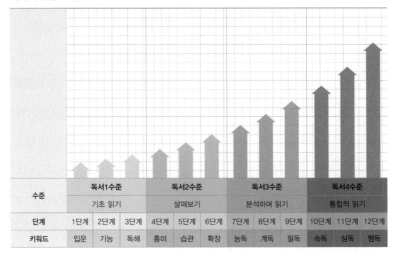

수준	독서1수준			독서2수준			독서3수준			독서4수준		
	기초 읽기			살펴보기			분석하며 읽기			통합적 읽기		
단계	1단계	2단계	3단계	4단계	5단계	6단계	7단계	8단계	9단계	10단계	11단계	12단계
키워드	입문	기능	독해	흥미	습관	확장	능독	계독	필독	속독	심독	행독

기', '살펴보기', '분석하며 읽기', '통합적 읽기'가 그것입니다.

저는 이와 같은 구분은 매우 의미 있다고 생각합니다. 우리나라의 경우 문맹이 거의 없다 보니 글자를 읽지 못하는 사람이 거의 없고, 그래서 독서는 마음만 먹으면 얼마든지 가능하다고 생각하는 분이 많습니다. 하지만 실상 다양한 책을 읽어보면 분명 한글로 된 글인데 전혀 이해되지 않는 책도 많죠. 책은 결국 자신이 가지고 있는 배경지식을 바탕으로 이해할 수밖에 없는데, 그 배경지식이 부족하면 책을 읽어도 무슨 말인지 잘 이해가 되지 않기 때문이에요.

이 책에서는 애들러의 4단계 독서 수준을 바탕으로 각 단계별로 다시 3단계씩 세분화하여 총 12단계로 독서 수준을 재정립했습니다. 앞서 설명한 것처럼 하나의 정답은 아닙니다. 다만 좀 더 쉽게 길을 찾아갈 수 있도록 돕는 이정표는 될 수 있습니다.

중요한 것은 목적지가 같더라도 출발하는 사람의 위치에 따라 가는 길이 달라진다는 것입니다. 그것이 독서 수준을 구분한 이유입니다. 적어도 내가 어디에 서 있는지는 알아야 가는 길을 찾기가 수월해질 테니까요.

독서1레벨: 기초 읽기

1단계: 입문

학문의 길에 접어드는 것을 흔히 입문入門이라고 말하지만, 여기에서는 그 기준을 낮추어서 글자를 읽을 수 있는 가장 기초적인 단계로 규정했습니다. 아이들이 한글을 배워서 글자를 읽을 수 있게 되는 단계가 여기에 해당되지요. 그리고 한글을 배운다는 자체가 저는 입문이라는 단어에 무척 적합하다고 생각합니다.

2단계: 기능

단순히 글자를 읽는다고 해서 책을 읽을 수 있는 것은 아니지요. 그 글자들이 의미하는 바를 단어로써 인식하고, 그 뜻이 무엇인지 아는 것이 바로 기능機能 단계입니다. 흔히 문해력이라고 표현하는데요, 우리나라의 문맹률은 세계 최저 수준을 자랑하는 데

반해 실질 문맹률의 판단 기준이 될 수 있는 문해력은 OECD 국가 중 최하위권이라고 합니다. 글자는 읽을 수 있지만, 글을 충분히 이해하지 못한다면 책을 읽어도 제대로 된 독서라고 할 수 없습니다.

3단계: 독해

기초 읽기의 마지막 단계는 바로 독해인데요, 읽고 해석할 수 있는 능력을 말합니다. 단어와 문장을 이해하는 것을 넘어서 그 문장이 의미하는 바를 유추해낼 수 있는 능력이 바로 독해력입니다. 책을 읽기 위해 가장 기본적으로 갖추어야 하는 수준이지요. 상황에 따라 역설과 반어를 이해하고, 직유나 은유로 표현되는 비유도 기본적인 독해력이 있어야 이해할 수 있습니다.

독서2레벨 : 살펴보기

4단계: 흥미

이 책에서 가장 강조했던 부분 중 하나가 흥미이지요. 재미가 있으면 자발적인 독서가 시작되기 때문이고, 자발적인 독서를 통해서만이 진정한 독서의 참맛을 느낄 수 있습니다. 흥미 단계에 접어들면 좋아하는 장르와 작가가 생기기도 하고, 자신의 취향에 따라 책을 선택하기 시작합니다.

5단계: 습관

흥미를 가지고 책을 읽는 수준에 머물면 책을 좋아하긴 하지만, 단순한 취미 수준에 그치고 맙니다. 그러나 반복적으로 책을 읽는 습관이 생기면 그때부터는 지식이 축적됩니다. 축적은 지적성장의 가장 강력한 밑거름이 되고요. 이런 습관을 만들려면 독서가 반복될 수 있는 환경을 만들어주어야 합니다.

6단계: 확장

살펴보기의 마지막 단계는 바로 확장입니다. 흥미 있는 분야의 책을 반복적으로 읽다 보면 더 많은 지식에 대한 관심과 확장으로 이어집니다. 더욱 다양한 분야의 책을 읽으며 관심 영역을 넓히고, 한 분야를 파고들어 깊이를 더하기도 하지요. 다른 말로 양적 확장과 질적 확장이라고 표현됩니다. 책을 빠르게 읽어나가며 배경지식을 넓혀가는 것은 양적 확장, 같은 책을 여러 번 읽으면서 탄탄한 사고의 깊이를 갖추는 것은 질적 확장입니다.

독서3레벨 : 분석하며 읽기

7단계: 능독

독서3레벨로 넘어오면 이제부터는 본격적으로 깊이 있는 독서가 시작됩니다. 자신이 원하는 지식을 스스로 찾고 무엇을 선택하고 버려야 할지 능동적으로 가려서 읽을 수 있는 능독能讀 단계입니다. 이전 단계보다는 좀 더 뚜렷한 자기만의 독서 기준이 정립된 상태이기 때문에 능동적인 독서가 가능해지지요.

8단계: 계독

이전까지는 한 권 한 권의 책을 읽었다면, 이제는 한 분야 혹은 한 작가의 작품을 이어서 읽음으로써 마치 여러 권의 책을 한 권을 읽듯이 연결해서 볼 수 있는 단계, 계독系讀입니다. 자신만의 기준이 세워진 사람은 계독을 통해 독서의 뼈대를 잡을 수 있습니다. 책을 읽으며 다른 책의 내용을 떠올리기도 하고, 자유롭게 여러 책을 넘나들며 독서할 수 있는 단계입니다.

9단계: 필독

책을 읽기만 하는 것이 아니라, 책의 내용을 스스로 추려내어 옮겨 적기도 하고, 자신의 생각을 쓰기도 하면서 생각을 정립할 수 있는 필독筆讀 단계입니다. 책에 적혀 있는 텍스트 너머의 맥락을 알고 그 맥락에 따라 다양한 책을 통해 자신만의 사고를 구축하게 되는 것이지요. 물론 어느 정도는 쓰지 않고도 필독 수준에 이를 수 있지만, 쓰는 것만큼 강력하긴 어렵기 때문에 분석하며 읽기의 마지막 단계는 쓰기라고 해도 과언이 아닙니다.

독서4레벨 : 통합적 읽기

10단계: 숙독

앞서 설명했던 3단계를 거쳐 완전한 자신의 지식으로 완성해
나가는 단계입니다. 이 숙독熟讀 단계는 엄밀히 말하면 독서를 넘
어선 사색 단계라고 해도 무방합니다.

11단계: 심독

머리로 이해하는 것을 넘어 가슴으로 공감하고, 공명하는 것이
심독心讀 단계입니다. 책을 읽으며 더 이상 읽지 못할 만큼 큰 울
림을 받아 마음 깊이 그 뜻을 새기는 단계이지요. 독서의 가장 큰
기쁨을 발견할 수 있는 수준입니다.

12단계: 행독

읽기의 마지막 단계는 행독行讀, 즉 행동하는 독서입니다. 머리
로 아무리 많이 안들, 가슴으로 아무리 많이 느낀들 그것이 내 삶
의 작은 순간조차 변화시키지 못한다면 별 의미가 없겠지요. 결국
실천을 통해 내 삶에 변화와 성장이 있을 때 독서의 목적이 완성
됩니다.

모든 분야의 책 읽기를 이렇게 기계적으로 단계를 나누어 구분
할 수는 없습니다. 왜냐하면 실제 독서는 앞에서 말한 여러 가지

단계들이 동시에 복합적으로 인식되는 과정이기 때문이지요. 이런 구분은 어디까지나 자신의 독서가 어디에 머물러 있는지 점검해보는 목적으로 해보는 것이 좋습니다.

『손자병법』에 "지피지기 백전불태知彼知己 百戰不殆"라는 말이 있지요. 상대를 알고 나를 알면 백 번을 싸워도 위태롭지 않다는 뜻인데요, 병법의 가장 기본 원칙입니다. 독서에도 그대로 적용해볼 수 있습니다.

책이라는 상대도 알아야 하지만, 자기 자신에 대해서도 잘 아는 것이 우선입니다. 대부분의 사람은 자기 수준을 생각하지 않고, 그저 책이라는 대상만 정복하려는 경우가 많거든요. 그래서는 독서력이 늘지 않습니다.

책을 더 잘 읽고 싶다면, 정확하게 자신의 수준이 어디인지를 파악해야 합니다. 그 수준에 맞는 책부터 차근차근 읽어가다 보면 나중에는 어려웠던 책도 전혀 힘들이지 않고 읽고 있는 자신을 발견할 수 있거든요. 애써 타인의 기준에 맞추고자 자신에게 맞지도 않는 책과 독서법을 강요하지 마세요. 책은 독자를 구속하는 도구가 아니라, 자유롭게 만드는 열쇠입니다.

나의 독서 수준 점검하기

이제 직접 자신의 독서 수준을 체크해보겠습니다. 지금 여러분께 드리는 테스트는 각 단계별로 핵심 문항을 뽑아서 만들었습니다. 질문을 통해 나의 독해 수준, 독서 습관, 독서 방식 등을 확인해보세요.

독서 1레벨 테스트

문항별로 아래에 해당하는 점수를 적어주세요.

전혀 아니다(1점), 대체로 아니다(2점), 보통이다(3점),
대체로 그렇다(4점), 매우 그렇다(5점)

① 나는 한글로 된 책을 읽는 데 아무런 문제가 없다.

② 책을 읽을 때 읽은 부분이 이해가 안 돼서 앞부분부터 다시 읽기를 반복하는 경우는 거의 없다.

③ 책을 읽으면 그 글이 어떤 의미로 쓰였는지 거의 이해하는 편이다.

④ 책에서 소개한 예시나 비유 등 작가의 의도를 파악하며 읽는다.

※ 점수 합계 : 14점↑[   ] / 13점↓[   ]

합계 점수가 14점 이상이면, 대부분의 책 읽기에 어려움이 없을 것입니다. 만약 13점 이하라면, 평소보다 더 쉽고 재미를 느끼는 책부터 읽어보시길 권합니다.

나의 독서 2레벨 테스트

전혀 아니다(1점), 대체로 아니다(2점), 보통이다(3점),
대체로 그렇다(4점), 매우 그렇다(5점)

① 책을 보는 건 대체로 즐겁다.

② 가끔은 종일 도서관이나 서점에서 책만 보고 싶을
   때가 있다.

③ 책 보느라 밥 먹는 시간이나 사람들 만나는 시간이
   아까울 때가 있다.

④ 매일 습관적으로 책을 읽는다.

⑤ 언제 책이 가장 잘 읽히는지 알고, 그 시간이 주어지
   면 놓치지 않는 편이다.

⑥ 책이 잘 읽히는 장소를 알고 있어서 주로 그곳에서
   읽는다.

⑦ 마음만 먹으면 하루에 한두 권은 거뜬히 읽는다.

⑧ 읽고 싶은 책이 있으면 몇 권이고 구입한다.

⑨ 한 권을 읽다가도 언제든지 필요하면 다른 책을 읽는다.

⑩ 좋았던 책은 몇 번이고 다시 읽는다.

※ 점수 합계 : 40점↑[　] / 25~39점[　] / 24점↓[　]

40점 이상이면 책을 좋아할 뿐 아니라, 독서가 습관이 되어 있는 분입니다. 속독까지 하고 계시다면 이제 깊이 있는 독서를 하고 있는지만 점검해보면 되겠어요. 25~39점이라면 책이 좋긴 하지만 아직 충분한 습관이 만들어지진 않았을지도 모릅니다. 책을 좀 더 쉽게 볼 수 있는 환경을 만들어보는 건 어떨까요? 24점 이하에 속한다면 아직 독서의 즐거움을 느끼지 못했을 가능성이 높습니다! 자기만의 기준을 잡고, 지금 끌리는 책 위주로 한 권씩 읽어보세요.

나의 독서 3레벨 테스트

전혀 아니다(1점), 대체로 아니다(2점), 보통이다(3점), 대체로 그렇다(4점), 매우 그렇다(5점)

① 내가 좋아하는 분야의 책을 잘 알고 있다.

② 어떤 분야는 관련 책을 많이 읽어서 웬만한 수준이 아니면 시시하다.

③ 내가 읽고 싶은 책의 상세한 리스트가 있다.

④ 특정 작가의 책이 좋으면 그 작가의 책을 연달아 읽는다.

⑤ 공부하고 싶은 분야가 생기면 동시에 여러 권을 사서 보는 편이다.

⑥ 책을 읽다 보면 관련 내용의 다른 책들이 자꾸 떠오

른다.

⑦ 책을 읽을 때 밑줄을 긋거나 귀퉁이를 접거나 포스
트잇을 붙이는 등 나만의 표시를 한다.

⑧ 책을 읽다가 생각나는 게 있으면 책이나 노트에 메
모한다.

⑨ 마음에 드는 문장, 좋은 구절 들을 필사하거나 초서
하는 편이다.

※ 점수 합계 : 32점↑[　] / 21~31점[　] / 20점↓[　]

　32점 이상이라면 능동적인 독서를 하고 있다는 뜻입니다. 이미
주변에서 알아주는 독서가가 아닐까 싶어요. 21~31점에 속한다
면 독서에 대한 열의는 있으나 아직 체계를 잡지 못하고 있단 느
낌을 받을 수 있어요. 자신만의 기준을 조금 더 구체적으로 잡아
보면 어떨까요? 20점 이하에 속한다면 아마도 책을 대체로 깨끗
하게 보고 있을 가능성이 높습니다. 읽고 나서도 남는 게 없는 이
유는 뭔가 기록하지 않기 때문인지도 몰라요.

나의 독서 4레벨 테스트

전혀 아니다(1점), 대체로 아니다(2점), 보통이다(3점),
대체로 그렇다(4점), 매우 그렇다(5점)

① 빨리 읽기가 아까울 만큼 좋은 책을 여러 권 읽어보

왔다.

② 책을 읽다 책 내용과 관련해 내면 깊숙한 곳으로 사
색에 빠져드는 경우가 많다.

③ 한 권의 책을 읽고 있는데도 자꾸 다른 책에서 읽었
던 내용과 내 경험이 겹쳐지며 마치 여러 책과 함께
대화하는 듯한 경험을 한다.

④ 더 이상 책을 읽기 힘들 정도의 강렬한 한 문장을 만
나 며칠간 깊은 생각에 빠진 적이 있다.

⑤ 책을 읽으며 말로 설명하기 힘든 기쁨과 희열을 맛
본 적이 있다.

⑥ 책에 감동한 나머지 직접 그 작가에게 메일을 쓰거
나 만나러 간 적이 있다.

⑦ 내 생각과 행동을 변화시킨 책이 무엇인지 잘 알고
있다.

⑧ 책의 내용을 실천하기 위해 나에게 맞는 방법으로
여러 가지 시도를 하는 편이다.

⑨ 책을 읽고 달라진 내 행동을 아주 많이 설명할 수 있다.

※ 점수 합계 : 33점↑[ ] / 21~32점[ ] / 20점↓[ ]

33점 이상이라면 독서의 진정한 행복을 아는 분입니다. 이
미 책을 통해 삶의 변화와 성장을 만들어가고 있지 않으신가요?

21~32점이라면 책을 읽고 좋았던 적도 있지만, 아직 삶의 큰 변화까진 느껴보지 못한 분일 수 있습니다. 삶과 연결되는 독서의 기쁨을 느끼고 끊임없이 성장할 수 있습니다. 20점 이하에 속한다면 책은 여전히 내 삶과 동떨어진 타인의 지식이라고만 여길 가능성이 높아요. 아직 정말 멋진 독서 경험을 해보지 못했기 때문은 아닐까요?

지금까지 자신의 독서 수준을 점검해보았습니다. 나를 정확히 알수록 더 많이 성장할 수 있습니다. 지금 나의 모습에서 출발하여 책을 통한 성장의 여정을 시작합시다.

●

타인의 독서 기준을 버리고, 나만의 기준을
세울 때 책 읽기는 내 삶에 뿌리를 내리고
아름다운 꽃을 피웁니다.

● ●

독서는 숙제가 아니라
축제입니다. 마음만 먹으면
언제든 어떤 책이든 읽을
수 있는 이 놀라운 특권을
포기하지 마세요.

● ● ●

책을 통해 직접 만날 수는
없는 위대한 인물과 그의
지성을 대면할 수 있습니다.
오직 책을 통해서만 가능한
기회입니다.

● ● ● ●

독서는 철저히 나 중심의
지적 활동이기에 내 수준에
맞는 책을 읽을 때 효과가
극대화됩니다.

● ● ● ● ●

독서 수준에 맞는 단계별 독서법을 활용해
자신만의 방식으로 책을 읽을 수 있어야
합니다.

4장

독서를 대하는 일곱 개의 시선

책 을 읽 다

독서 성장의 일곱 계단

나는 책 읽는 방법을 배우기 위해
80년이라는 세월을 바쳤지만,
아직까지도 잘 배웠다고 말할 수 없다.

- 괴테

책의 내용을 내 삶에 반영하는 방법

"삶은 꿈이라는 가설에 대한 증명이다." 20대 초반에 스스로 정의한 삶에 대한 명제입니다. 우리의 삶은 그 자체가 모두 하나의 가설입니다. 그것을 증명하기 위해서는 많은 시간과 노력이 필요하지요. 사업적인 성공이든, 예술적인 성공이든 부와 명예로 보이는 부분은 어디까지나 내적 성취에 대한 외적 부산물일 뿐입니다. 사람들은 저마다 자신만의 꿈이라는 가설을 가지고 살아갑니다. 그리고 그것을 스스로 증명할 수 있는 사람만이 주체적으로 살아갈 수 있습니다. 타인의 꿈을 증명하는 도구로써의 삶이 아니라, 자신의 꿈을 증명하는 자발적인 삶을 위해 우리에게는 '읽기의 힘'이 필요한 것이지요.

책을 읽는다는 것은 누군가의 삶을 읽음으로써 나의 삶을 읽어 나가는 과정입니다. 그러므로 독서 경험을 어떻게 내 삶에 반영할 수 있는지에 대한 고민은 그 자체로 매우 의미 있는 접근입니다.

독서를 성장 단계별로 구분하여 접근한 이유는 그래야만 책을 읽는 행위가 나의 삶과 연결될 수 있기 때문입니다. 정답을 제시하기보다는 단계별로 자신의 상황에 맞게 적용할 수 있는 원리를 설명하고자 했으니 그 점을 참고해 다음을 읽어주세요.

이 책을 읽고 있는 독자라면 독서 수준 12단계 중에서 1~3단계에 대해서는 굳이 설명하지 않아도 된다고 생각합니다. 그래서 4단계(흥미)부터 순차적으로 설명하였고, 최종 목표는 자기만의 독서법을 정립하는 것에 초점을 맞추었습니다.

다음 표에서 보듯이 독서 수준에 따라 접목할 수 있는 방법들을 각각 'OOO 독서법'으로 이름 붙였습니다. 간단히 7단계의 독서 방법을 정리하면 다음과 같습니다.

◆ 연애 독서법(흥미 단계): 우선 독서를 좋아하고 즐기는 마음. 책에서 자유로워지고 책이 만만해지는 단계.
◆ 시공간 독서법(습관 단계): 나의 시간과 공간에 독서를 습관화해서 지속할 힘을 키우는 단계.

독서 수준별 12단계

키워드	입문	기능	독해	흥미	습관	확장	능독	계독	필독	숙독	심독	행독
연애 독서법	■	■	■	■								
시공간 독서법	■	■	■	■	■	■						
스키마 독서법	■	■	■	■	■	■						
다재다능 독서법	■	■	■	■	■	■	■					
정서재행 독서법	■	■	■	■	■	■	■	■	■	■		
근간 독서법	■	■	■	■	■	■	■	■	■	■	■	
저마다의 독서법	■	■	■	■	■	■	■	■	■	■	■	■

- 스키마 독서법(확장 단계): 빠른 속도로 독서량을 늘리면서 잠재 지식을 넓혀가고, 더 깊이 파고들어 책을 선별해내는 단계.
- 다재다능 독서법(능독 단계): 많이 읽고 다시 읽으면서 다양한 책을 능동적으로 읽는 단계.
- 정서재행 독서법(계독-필독-숙독 단계): 좋은 책을 만나 자신만의 관점에서 지식을 축적해가는 단계.
- 근간 독서법(심독 단계): 책을 통해 자신을 돌아보고 삶의 변화를 만드는 단계.
- 저마다의 독서법(행독 단계): 나에게 가장 잘 맞는 독서법을 찾아내고, 스스로 필요한 지식을 탐색하고 이를 바탕으로 삶의 문제를 해결하는 단계.

책이라는 정육면체 주사위: 연애 독서

책에게 불리는 것, 책에게 선택되는 것, 책의 '부름'을
감지할 수 있는 것. 그것이 아마 책과 독자 사이에서
이루어지는 가장 행복하면서도 풍요로운 관계가
아닐까 한다.
- 우치다 타츠루

독서는 평면이 아니라 입체다

독서는 이미 알고 있던 것 위에 새로운 지식이 더해지면서 새로운 발상으로 이어지는 입체적인 활동입니다. 계속 '연애' '여행' '운전' 등의 비유로 독서를 설명한 이유도 그 때문입니다. 이번 장에서는 이 '입체적'이라는 표현을 좀 더 직관적으로 이해할 수 있는 예를 들어 독서를 설명하고자 합니다. 바로 주사위입니다. 어린 시절부터 많이 봐왔기 때문에 바로 머릿속에 떠오르실 거예요. 여섯 개의 다른 면을 가진 정육면체 주사위 말입니다.

주사위는 입체지만 정면에서 보면 하나의 숫자만 보입니다. 그

게 여러분이 알고 있는 독서법입니다. 독서라는 주사위에서 ①만 본 사람은 '독서는 ①이야'라고 말할 겁니다. ③만 본 사람은 '아니야 독서는 ③이야'라고 말하겠죠. 하지만 우리가 알고 있듯이 ①~⑥이 모두 있어야 하나의 주사위가 되지요.

독서에는 셀 수 없이 많은 방법이 있습니다. 읽는 사람마다 상황도 수준도 다르기 때문이에요. 모두가 다른 것을 읽을 수밖에 없지요. 저는 초능력자가 아니기에 그중 완벽한 한 가지만 여러분께 제시할 순 없습니다. 대신 여러분이 한 손에 쥘 수 있는 주사위 하나 정도는 마련해드리고 싶어요. 던질 때마다 다른 숫자가 나오는 것처럼 여러분도 책을 읽는 상황에 따라 다른 독서법을 입체적으로 활용하길 바라는 마음에서입니다.

많은 분이 아직 독서라는 주사위를 '입체적'으로 이해하거나 경험해보지 못했기 때문에 마치 주사위 도면을 펼쳐서 한 면 한 면 짚어가듯 설명할 예정입니다. 하나하나 개별적으로 설명하겠지만 결국 나만의 독서법을 터득하기 위한 과정일 뿐입니다. 여러분은 여섯 개의 면을 가진 하나의 주사위, 나만의 독서법을 찾으시길 바랍니다. 그 정육면체 독서 주사위를 직접 던져보면서 나만의 독서 경험을 만드는 것이 최종 목표입니다.

독서는 머리로만 이해하는 이론이 아니라 경험으로 체득하는 운동입니다. 운동 이론에 대한 책을 100권 읽었다고 근육이 만들어지지 않듯이 독서를 이해했다 하더라도 반드시 책을 실제로 읽으면서 하나씩 경험해보시길 바랍니다.

편견을 버리고 본질을 찾다

1장에서 3장까지는 내가 잘못 알고 있던 것을 버리기 위한 설명이었다면, 이번 장부터는 실제로 어떻게 읽어야 하는지를 설명드립니다. 첫 번째는 '연애 독서'인데요, 이제껏 반복해 말씀드렸듯 연애하듯 책을 읽기 시작하면 보이는 게 달라집니다. 독서가 재미있어지고, 책이 읽고 싶어집니다. 진정한 독서가 시작되는 순간이죠.

2장에서 독서에 대한 일곱 가지 편견을 짚어보았지요. 그 모든 편을 버리고 네 가지를 찾아야 합니다. 그것이 무엇일까요?

첫째, 만나고 싶은 '책'입니다.
둘째, 책을 읽는 '시간'입니다.
셋째, 책을 읽을 '공간'입니다.
넷째, 무엇보다 '나'입니다.

첫째, 만나고 싶은 책이란 '지금' 보고 싶은 책입니다. 돈에 관심이 생기면 투자나 부자가 되는 방법에 대한 책이 보고 싶어집니다. 인간관계가 힘들 때는 관계에 대한 에세이가 쏙쏙 읽힐 거예요. 사람마다 관심사와 취향이 다릅니다. 만나고 싶은 책은 사람과 상황마다 달라집니다. 나의 기준, 나의 관심사, 나의 욕망을 자극하는 책이 재미있는 책이에요.

한 권 한 권 천천히 다 읽지 않아도 된다고 말씀드렸지요? 다양한 책을 뒤적거려보고 그중에서 마음에 드는 책을 골라 읽으면 됩니다. 그렇게 책을 한 권 읽고 나면 또 다른 책이 궁금해지기도 하고, 그 작가의 다른 책이 더 읽고 싶어지기도 하거든요. 그 느낌을 따라가보세요. 책이 재미있다는 게 뭔지 금세 이해하실 겁니다.

둘째, 책을 읽는 시간을 찾아야 합니다. 책이 늘 우선순위에서 밀리는 이유는 스마트폰이나 TV보다 재미가 없거나, 해야 하는 다른 일보다 의미가 없어서일 겁니다. 영화보다 더 재미있는 책이 분명히 있어요. 지금 당면한 업무보다 더 중요한 책도 있지요. 그런 책을 찾아야 합니다. 그런 책을 찾으면 알아서 시간을 내게 됩니다. 지금 내가 어떻게 하면 다음 회의 때 피티를 잘할 수 있을지 고민하고 있는데, 프레젠테이션으로 아주 유명한 사람을 만날 수 있다면 어떻게든 그와 약속을 잡지 않을까요?

독서는 만남입니다. 만나고 싶은 사람이 있으면 연락을 하겠지요? 그래야 만날 수 있으니까요. 약속을 잡지 않으면 아무리 만나려 해도 그럴 수 없어요. 물론 방법은 있습니다. 같이 살면 됩니다. 연애할 때는 매일 오늘은 언제 어디서 만나자고 약속하지만, 결혼해서 같이 살면 약속하지 않잖아요. 당연히 집에 오면 만나니까요. 책도 마찬가지입니다. 독서는 만남이기에 책과 만나려면 언제 만날지, 어디서 만날지 약속을 정해야 합니다. 또한 매일 5분 정도만이라도 책을 펼쳐서 한 페이지라도 좋으니 한번 읽어보는 거죠. 자꾸 책에 노출되는 시간을 만들면 책은 점점 독자에게 다가옵니다.

셋째, 책 읽는 공간을 찾아야 합니다. 책이 유독 잘 읽히는 경험을 한 적이 있나요? 저는 여러 장소에서 그런 경험을 했는데요, 그 이유는 제가 적극적으로 책을 읽기 좋은 공간을 찾아다녔기 때문이라고 생각해요. 지금 이 글을 쓰고 있는 연구실 역시 책상을 중심으로 책장을 빙 둘러 배치함으로써 의자만 돌려 손만 뻗어도 책이 닿을 수 있게 배치해두었거든요. 만날 날을 약속하지 않아도 늘 볼 수 있도록 신혼살림(?)을 차린 셈입니다. 매일 만나고 싶은 사람이라면 곁에 붙잡아두어야 하듯이 책을 매일 자연스럽게 읽고 싶다면 가장 가까운 곳에 두면 됩니다.

넷째, 책 속에서 '나' 자신을 발견하는 것입니다. 결국 책을 읽는 목적은 그것 아닐까요? 삶의 답은 결코 '밖'에 있지 않아요. 자기 '안'에 있습니다. 우리가 독서를 통해 발견하게 되는 것은 바로 내 안에서 빛나고 있던 '나'라는 존재의 정체성입니다. 혼자 존재할 수 없는 인간, 수많은 고리를 가지고 세상과 연결되어 있는 자신의 모습을 발견하게 될지도 모릅니다. 여러분이 발견하게 될 자신의 모습이 어떤지는 타인이 알려줄 수 없지만, 책을 통해 여러분의 진정한 가치와 진짜 내면의 목소리, 근원적 욕망 등을 마주하게 된다는 사실만은 확실합니다. 자기 삶의 정체성을 아는 사람과 모르는 사람의 차이는 엄청납니다. 내 삶의 선택권이 자신에게 있다는 사실만 발견해도 엄청난 성취지요. 그때부터 삶은 극적으로 달라집니다. 누군가가 원하는 삶이 아닌 내가 정말 원하는 삶을 시작할 수 있기 때문입니다.

독서하는 시간과 공간을 느낀다: 시공간 독서

무엇이거나 좋으니 책을 사라.

사서 방에 쌓아두면 독서 분위기가 조성된다.

외면적이지만 이것이 중요하다.

– 아널드 베넷

독서의 9할은 습관

책과 만나는 시간과 공간이 독서 습관을 만듭니다. 표현은 거창합니다만, 원리는 간단합니다. 책을 잘 읽으려면 먼저 독서하는 습관부터 만들어야 한다는 것입니다. 아무리 책을 좋아한다고 해도 책 읽는 시간과 공간이 확보되지 않으면 독서가 잘 되지 않습니다.

아무리 사랑하는 사람이라도 장거리를 연애를 하면 실패하는 경우가 많죠? 눈에서 멀어지면 마음에서 멀어진다는 말처럼 책을 좋아하더라도 책을 만나는 시간과 공간이 내 일상에서 동떨어져 있다면 책은 자연히 멀어지게 됩니다. 반대로 책이 가까이 있으면 훨씬 더 많이 읽게 되겠지요. 독서를 잘하고 싶다면 반드시 책을 가까이 두어야 합니다.

설령 책을 썩 좋아하지 않는 사람도 재미있게 읽을 만한 책이 많은 곳에 반복적으로 노출되면 책에 관심을 두게 될 가능성이 높아질 수밖에 없죠. 그만큼 우리는 환경의 절대적인 영향을 받습니다.

책을 좋아하는 사람이라고 해서 모두가 책을 많이 읽는 것은 아닙니다. 무언가를 좋아하지만 그것을 습관으로 만들지 못하면 실제로 반복적인 행동으로 이어지긴 어렵습니다.

가끔 모든 것을 의지로 하려는 사람들이 있어요. 그건 한계가 있습니다. 이미 과학적으로 의지력은 무한히 발휘할 수 있는 것이 아니라는 게 밝혀졌죠. 심지어 배고픔만 느껴도 인간의 의지력은 금세 바닥나고 마니까요. 우리는 독서 습관을 만들기에 앞서 시간과 공간에 대해 좀 더 깊이 고민해볼 필요가 있습니다.

우리는 왜 책 읽을 시간이 늘 부족할까?

사실 시간은 모두에게 공평합니다. 심지어 예전에 비해 정말 많은 것이 빠르게 해결되는 시대지요. 버튼 하나만 누르면 지구 반대편에 있는 사람들과 통화할 수도 있고, 인터넷으로 필요한 정보를 마음껏 얻을 수 있는 세상에 살고 있으니 말이지요. 우리가 쓰는 모든 도구는 다 빨라졌는데 왜 현대인은 시간이 늘 부족하다고 느낄까요? 여러 가지 이유가 있겠지만 가장 근본적인 이유는 실제로 자신을 위해 쓰는 시간이 매우 적기 때문입니다.

사람들은 끊임없이 유입되는 정보 속에서 그리고 누군가가 정해놓은 규정된 삶 속에서 매 순간 중요하다고 생각하는 선택을 하며 살아가죠. 하지만 하루를 마치고 집으로 돌아와 소파에 쓰러지듯 앉으면 온종일 열심히 일한 보람을 느끼기보다는 힘들게 고생한 자신을 위해서도 시간을 써야 한다는 생각을 하게 됩니다.

시간은 이미 몸도 마음도 지친 늦은 밤. 그 시간에 할 수 있는 일은 그리 많지 않지요. 좀 더 의미 있는 일을 해야 한다고 느끼면서도 실제로는 힘들이지 않고 할 수 있는 웹서핑, 쇼핑, 영화나 TV 예능 프로그램 시청 등을 하며 휴식을 취합니다. 이러다가 또 거기에 빠져들어 새벽까지 잠 못 이루고 아침에 알람 소리를 듣고 피곤한 몸을 일으키며 후회하기도 하죠. 하지만 다시 밤이 되면 반복입니다. 누군가는 친구들과 수다를 떨며 맥주를 마시기도 하고, 누군가는 게임을 하면서 가상현실 속의 나의 성장에 대리 만족하기도 합니다. 그런 선택들이 잘못되었다는 뜻이 아닙니다. 다만 그러한 활동을 하게 되는 마음의 뿌리에 어떤 심리가 작용하는지 고민해보자는 말이에요.

시간을 가장 이상적으로 보내는 사람들은 하루를 시작하면서 자신에게 가장 중요한 것을 먼저 합니다. 그래야만 스스로 시간을 주도하며 살 수 있다는 사실을 알기 때문이지요.

시간은 누구에게나 평등하게 주어지지만, 실제로 그 시간의 효율은 습관에 따라 매우 큰 차이가 납니다. 실제로 똑같이 시간을 보낸다고 하더라도 뇌에서 인식하는 시간의 길이 차이는 다릅니다. 독서가 중요한 이유 중 하나가 바로 이 시간을 통제할 수 있게 해주는 매우 강력한 수단이기 때문입니다.

책을 만나는 시간

'그래 이제 매일 아침마다 한 시간씩 책을 읽을 거야!'라고 결심할 수도 있습니다. 썩 좋은 방법은 아닙니다. 독서 습관은 짧은 기간 동안 시험공부 하듯이 몰아쳐서 만들 수 있는 게 아니기 때문이에요. 오히려 늘 그런 식으로 책을 봐왔기 때문에 많은 사람의 무의식 속에 책이 부담스럽다는 편견이 생긴 겁니다.

아주 평범한 일상에 그저 책을 슬쩍 끼워 넣어보세요. 예를 들면 화장실에 갈 때 스마트폰 대신 책을 들고 가보는 겁니다. 생각보다 어려울 거예요. 대신 결과는 보장합니다. 출근하는 지하철에서 매일 딱 1페이지만 보자고 결심해보세요. 습관은 작은 성취의 반복으로 만들어지지, 거창한 목표로 달성되지 않거든요.

너무 소소한 변화라서 책을 많이 읽지 못할 것 같다고요? 전혀 그렇지 않습니다. 습관이란 실제로 우리의 일상적 행동을 통해 자연스럽게 만들어집니다.

가령, 여러분이 어떤 드라마를 보기로 결심하기 직전에 무슨 일이 벌어졌는지 제가 알아맞혀볼까요? 아마 30초도 안 되는 드라마 예고편을 보고 흥미를 느꼈거나, 친한 친구가 "야, 너 그 드라마 봤어?"라고 말하는 20초도 안 되는 대화에서 '재미있겠다!' '보고 싶다!'라는 생각이 자연스럽게 일어났을 겁니다.

저도 드라마, 유튜브 동영상, 스쳐 가는 광고 음악에서도 '좋다' '신기하다' '재미있다' 이런 느낌을 받으면 30분이고 한 시간이고 그 콘텐츠에 빠져들게 됩니다.

책도 텍스트로 된 콘텐츠입니다. 본질은 같아요. 매일 잠깐이라도 자신에게 좋아하는 텍스트를 습관적으로 제공해보세요. 처음엔 1분, 5분으로 시작하더라도 나중에는 분명 몇 시간씩 책을 읽고 있는 자신을 발견하게 될 것입니다.

독서는 일상에서 이루어져야 하고, 생활에서 이루어지는 독서가 곧 나의 정체성이 됩니다. 책을 만나는 시간은 곧 나를 만나는 시간이고, 자신이 누구인지 아는 것만큼 가치 있는 시간은 없기 때문이에요.

책을 만나는 공간

저는 책을 잘 읽고 싶어서 적극적으로 주변에서 독서 공간을 발굴한 편입니다. 제가 가장 오래 머무는 곳은 연구실 겸 서재로 쓰고 있는 '논현서가論峴書架'입니다.

아이들이 아직 어려서 집에는 제 입맛에 맞게 공간을 구성할 만한 장소가 없기에 근처에 별도의 장소를 임대해 저만의 서재로 만들었습니다. 처음에는 1평 남짓한 작은 공간에 책상 하나와 큰 책장 세 개, 작은 책장 여섯 개를 빽빽이 들였다가 지금은 책이 많아져 신논현역 근처에 사무실을 임대해서 서재 겸 작은 책방으로 운영하고 있습니다.

책 읽을 시간이 많은 날은 도서관이나 북카페에 가는데요, 논현역에 있는 '토끼의지혜'라는 북카페는 제가 처음으로 한 번에 세 권을 내리 읽게 된 공간이라 그런지 더 애정이 가고 좋아하는 곳이지요. 이곳 사장님이 독서광이시라 정말 좋은 책들이 많이 구비되어 있는 장소예요. 갈 때마다 새로운 책을 발견하는 기쁨이 있어서 더 좋습니다. 주말엔 사람이 많아서 잘 가지 않고, 가장 한가한 평일 낮 시간에 종종 이곳에 들러 제 취향에 딱 들어맞는 책들을 마음껏 누리고 오지요.

그리고 연구실에서 조금만 걸어가면 한 대형 서점이 있어요. 제가 가장 사랑하는 서점입니다. 참새가 방앗간을 지나치지 못하듯이 저도 근처를 지나갈 때면 어김없이 들러서 새로운 책들을 만나는데요, 특히 개점 시간에 맞춰서 들어갈 때의 기분은 마치 유흥을 좋아하는 분들이 클럽에 갈 때의 그런 설렘과 비슷하지 않을까 생각해봅니다.

아무도 없는 서점에 몇 명의 '선수(?)'들이 입장하면, 수많은 '뉴 페이스(신간)'들이 저를 기다리고 있습니다. 이쪽저쪽에서 저를 향해 손짓하는 소리 없는 아우성 속에서 오늘 내가 만날 운명의 책을 찾아 어슬렁거립니다.

그렇게 마음에 드는 책들을 이리저리 살펴보고 읽어보면서 구입할 책과 읽어볼 책을 찾습니다. 관심이 가는 책을 골라 가장 먼저 서문과 목차를 봅니다. 목차에서 가장 마음에 드는 부분을 발견하면 바로 거기부터 읽어요. 읽다가 재미있으면 속으로 '오호, 이것 봐라' 하면서 다시 목차로 돌아가 그다음 끌리는 부분을 찾아 읽습니다. 이렇게 두세 군데가 마음에 드는 책은 더 이상 읽지 않고 옆구리에 가볍게 착 낀 채로 다른 책을 구경하러 이동하지요. 그 책은 사야 하는 책이기 때문에 굳이 서점에서 읽을 필요가 없거든요.

살지 말지 애매한 책들은 몇 권 골라서 서점 곳곳에 마련되어 있는 독서 공간으로 이동하여 읽기 시작합니다.

서점이 '뉴 페이스'들을 만나는 공간이라면, 내가 몰랐던 역대급 만남을 가질 수 있는 곳은 바로 도서관입니다. 낯선 책과 '썸'을 타는 공간으로는 서점이, 익숙한 책과 밀애를 즐기는 공간으로는 도서관이 제격이에요.

서점에는 덜 마른 잉크 냄새 같은 새 책 고유의 향이 있죠. 반면 도서관에는 손때 묻은 책들 위로 쌓인 먼지를 몇 번이고 털어낸 것만 같은 세월의 냄새가 납니다.

각자 자신의 상황에 맞게 책 읽는 장소를 발견할 수 있습니다. 물론 때와 장소를 가리지 않고 책을 읽으면 가장 좋겠지만, 처음부터 그렇게 읽는 것은 쉽지 않죠. 책과 친해지려면 먼저 책을 가까이에 두고 언제든지 볼 수 있는 환경부터 조성해야 합니다. 최소한의 습관을 만들고 그것이 나의 일상에 녹아드는 것이 더 중요하니까요.

책을 빨리 읽고, 깊이 읽는 것은 그다음 문제입니다.

책을 빨리 읽는다: 스키마 독서

읽은 내용을 하나도 잊지 않으려고 드는 것은
먹은 음식을 몸 안에 고스란히 간수하려는 것과
다름없다.

– 아르투어 쇼펜하우어

책을 읽고 나서 기억나지 않는 것이 당연하다

혹시 열흘 전 점심에 뭘 먹었는지 생각나나요? 아마 잘 기억이
안 날 거예요. 인간은 원래 망각의 동물이거든요. 우리는 현재만
살아가는 사람들이죠. 물론 그날 특별한 사람을 만났다거나 현재
다이어트를 위해 매일 식단을 기록해놓는 분이라면, 다이어리나
달력에 표시해둔 메모를 보고 기억해낼지 모릅니다. 하지만 대부
분의 평범한 사람은 어제 오후 3시 35분에 무슨 일이 있었는지조
차 바로 기억해내지 못하죠.

우리는 책을 읽습니다. 그리고 잊어버리지요. 어떤 사람은 어차피 잊어버릴 걸 왜 읽어야 하느냐고 묻습니다. 설득력 있는 질문 아닌가요? 그런 질문에 가볍게 다시 되물어봅니다. 어차피 먹어봤자 몇 시간만 지나면 배고파질 텐데 왜 밥을 먹느냐고요.

언젠가 콩나물을 키우는 방법에 대한 이야기를 들은 적이 있는데, 그게 참 오랫동안 잊히지 않아요. 콩나물시루에 콩나물을 키울 때, 물을 부어주면 거의 모든 물은 시루 아래쪽으로 빠져버립니다. 어차피 빠질 물인 줄 알지만, 콩나물을 성장시키려면 주기적으로 물을 부어주어야 하죠. 콩나물은 딱 자기가 흡수할 수 있는 만큼의 물을 흡수하며 성장합니다. 어차피 금세 다 빠져나갈 물이라고 해서 부어주지 않으면 콩나물은 제대로 성장하지도 못한 채 말라버리고 말겠죠.

우리가 책을 읽는 이유도 똑같지 않을까요. 어차피 우리가 읽은 것은 잊어버리지만, 그럼에도 그 독서의 시간 동안 내게 필요한 만큼의 지식을 머금게 되고, 그만큼 더 성장합니다.

책을 읽어도 잘 기억나지 않는다고 좌절할 필요가 없습니다. 모두가 마찬가지니까요. 그건 지극히 정상이라는 뜻이기도 합니다. 오히려 한 번 본 것을 절대로 잊지 않는 사람이 특이한 경우죠. 그런 능력을 부러워할 필요는 없어요. 인간은 누구나 타고난 기억력이 있기 때문이죠. 그것을 활용하는 방법을 모를 뿐입니다. 뇌가 작동하는 원리를 이해하고 약간의 노력만 할 수 있다면

적어도 내가 필요한 만큼의 지식은 얼마든지 잊지 않고 기억할
수 있습니다.

'기억하지 못한다'의 진짜 의미

우리의 뇌는 오랜 시간 진화해오면서 인간이 생존하는 데에 최
적화된 기능으로 발달돼 있습니다. 그런 관점에서 볼 때 망각은
인간의 생존을 위해 필요한 아주 중요한 '기능'입니다. 저는 우리
의 뇌가 컴퓨터와 매우 비슷하다는 생각을 많이 하는데요, 여러
책에서도 유사한 비유를 보고 사람 생각이 크게 다르지 않다는 생
각을 했습니다.

컴퓨터에는 '주기억장치'와 '보조기억장치'가 있습니다.
주기억장치에는 롬ROM, Read Only Memory과 램RAM, Random Access
Memory이 있지요. 롬은 처음 기록된 이후에는 읽을 수만 있고 쓸
수는 없는 메모리입니다. 반면에 램은 임의의 정보를 임의의 번지
에 기억시켜서 어느 번지에서도 같은 속도로 빠르게 정보를 쓰고
읽고를 반복할 수 있는 메모리를 말합니다.
이 롬은 사람의 자율신경계와 비슷합니다. 예를 들어서 심장
은 알아서 평생 매 순간을 우리 온몸에 피를 공급하고 있죠. 이미
우리 뇌의 어떤 부분은 태어날 때부터 세팅되어 스스로 작동하는

거죠.

램은 조금 다릅니다. 컴퓨터 살 때 램이 4기가다 8기가다 말하잖아요. 지금 말하는 램이 바로 그 램입니다. 램을 쉽게 설명하면 컴퓨터가 켜져 있는 동안 컴퓨터에서 일어나는 모든 일을 처리하기 위해 바로바로 써야 하는 프로그램이나 정보 들을 보관하는 역할을 하죠. 일반적으로 램에 많은 용량이 필요한 이유는 동시에 처리해야 하는 데이터 양이 많아질 때 한꺼번에 수용하지 못하면 컴퓨터가 다운되거나 해당 프로그램이 실행되지 않는 경우가 있기 때문이거든요. 사람도 비슷하잖아요. 갑자기 생각할 게 너무 많아지면 하나씩 처리하지 못하고 머릿속에서 그 생각들이 엉켜버리는 느낌을 받을 때가 있지요.

롬과 램에 대해서 설명드린 이유는 이게 컴퓨터의 주기억장치이기 때문이에요. 제 컴퓨터 용량은 4기가나 8기가가 아니라 2테라라고 생각하는 분도 계실 텐데요, 그건 보조기억장치인 하드디스크입니다. 램의 특성상 전원이 꺼지면 저장된 정보가 다 날아가버리기 때문에 보조기억장치가 꼭 필요해요. 그리고 당장 실행하는 파일이나 영상이 아니면 그것은 주기억장치가 아닌 보조기억장치(하드디스크)에 저장되는 거예요. 그래서 램에 있는 정보는 순간적으로 꺼내서 쓸 수 있지만, 하드에 있는 정보는 별도의 탐색기나 검색을 통해 찾아서 다시 램으로 불러들여 실행시키는 것이지요.

사람의 뇌도 이와 매우 비슷합니다. 실제로 우리의 뇌는 태어나서 지금까지 보고 듣고 느낀 모든 것을 뇌 어딘가에 저장합니다. 엄청난 용량의 하드디스크에 저장되어 있는 셈이지요.

혹시 컴퓨터에 아주 많은 양의 사진을 저장해놓았나요? 저는 가족과 찍은 사진을 핸드폰이 바뀔 때마다 컴퓨터에 저장해놓고, 어린이집에서 찍어주는 아이들 사진도 저장해놓고, 그렇게 그때그때 저장해놓은 많은 사진이 있는데요, 시간이 지나 특정 사진을 찾으려 하면 너무 어렵습니다. 특별한 이름으로 저장하지도 않고 자동으로 부여되는 파일명 그대로 둔 탓에 검색해서 찾기도 어렵고, 결국에는 일일이 한 장 한 장을 쭉 열어보는 수밖에 없었습니다. 그마저도 바쁜 일이 있으면 나중에 찾아봐야지 하고 다시 화면을 닫곤 합니다.

그런 경우 실제로 사진이 없는 건 아니지만 찾을 수 없기 때문에 활용할 수 없죠. 마치 뇌 속 어딘가에 기억이 저장되어 있지만 기억해내지 못하는 것처럼 말이죠.

우리가 무언가를 기억한다는 것은 무슨 의미일까요? 언젠가 〈그것이 알고 싶다〉라는 방송 프로그램에 "모든 것을 기억한다?-놀라운 기억력의 진실" 편이 방영되었습니다. 그 편에 수십 년간 있었던 모든 일을 다 기억하는 사람들의 이야기가 나오는데요, 유명한 소설 제목이기도 한 『모든 것을 기억하는 남자』(데이비드 발다치, 북로드, 2016)의 주인공처럼 과잉기억증후군을 가진 이들이지요. 이 사람들은 1989년 12월 9일에 어떤 일이 있었고, 그때 자신은 무엇을 하고 있었는지 그날 일상 속에서 어떤 사건들이 있었는지 다 기억하고 있습니다.

그들을 보면 사람의 뇌가 얼마나 놀라운가라는 생각을 하게 됩니다. 과연 그 사람만 특별히 다 기억할까요? 아니면 우리도 똑같이 기억 창고에 저장은 되어 있는데, 그걸 불러오는 방법을 모르고 있을까요?

사실 우리는 본 모든 것을 기억합니다. 단지 뇌의 해마라는 곳이 마치 램처럼 단기기억을 하며 사안의 중요도에 따라서 오래 기억하기도 하고 망각하기도 하는 것이지요. 더 정확하게 이야기하면 망각한 것이 아니라, 어딘가 저장은 되어 있지만 나중에 찾을 수 있도록 이름을 붙여놓거나 단서를 달아놓지 않은 채 저장되어 있어서 찾을 수 없는 것이지요. 제가 컴퓨터에 아무렇게나 이미지를 저장해놓을 때처럼 말이죠.

혹시 영화에서 최면에 걸리는 장면을 본 적이 있나요? 최면에 걸린 사람은 평소에 자신이 기억하지 못하는 어린 시절의 일을 그대로 다시 떠올리며 보고 듣고 느낀 것을 말하지요. 이런 일들은 비단 영화 속의 판타지가 아닙니다. 실제로 1999년부터 우리나라에 최면 수사 기법이 도입되어 시행되고 있습니다. 『경찰학사전』(법문사, 2012)에 법최면法催眠이라는 명칭으로 설명되어 있어요.

결국 우리는 기억하지 못하는 것이 아니라, 우리 뇌에 저장된 기억을 찾지 못하는 것입니다. 다르게 말하면 우리의 뇌에 저장되는 수많은 기억의 이미지들을 체계적으로 연결하여 원할 때 기억해내는 방법을 익히지 못한 것뿐입니다. 그렇다면 관건은 어떻게 더 효율적으로 내가 기억하고 있는 것들을 찾을 수 있느냐입니다.

책도 우리가 빨리 보든 늦게 보든 뇌에 하나의 이미지로 저장되는 건 동일하니까 말이죠.

독서천재로 태어난 당신

지쓰코 스세딕이 쓴 『태아는 천재다』(샘터사, 2012)는 평범한 부부의 네 자매가 모두 아이큐 160 이상인 경험을 토대로 쓴 특별한 책입니다. 그 책은 스세딕 부부가 임심 중부터 유아기까지 어떤 방식의 교육을 해왔고, 그에 따라 아이들의 지적 성장이 얼마나 빨리 진행될 수 있는지 확인시켜줍니다.

> "한 가족의 네 자녀가 모두 IQ 160 이상이 될 확률은 천문학적인 숫자, 즉 수십억분의 1입니다."
>
> 우수한 두뇌를 가진 사람들의 조직 'MENSA'의 심리학자 아비 사르니 여사의 설명이다. 네 아이가 모두 '천재'가 되는 경우는 유전에서는 도저히 설명할 수 없는 까닭이다. 더욱이 우리 부부는 두 사람 모두 천재도 수재도 아닌 지극히 평범한 인간이다(27쪽).

이 책에서 주장하는 내용은 인간은 누구나 태아 때부터 천재적인 능력을 가지고 있다는 것입니다. 다만 그것을 충분히 끌어내주지 못하기 때문에 다들 평범하게 산다는 거예요. 우리 선조들의 교육만 해도 어린 나이에 『천자문』과 사서오경을 익히고 지금 기준으로는 이제 초등학교를 갓 졸업할 나이에 장원급제한 많은 일화로 점철돼 있습니다. 결국 오래된 사회적 통념으로 인해서 누구나 가지고 있는 놀라운 천재성을 제대로 발휘하지 못하고 있었던 거죠.

제가 태아를 예로 들어서 혹시 이미 성인이 된 우리는 늦어버린 것이 아닐까 생각할 수도 있을 거예요. 결코 그렇지 않습니다.

'신경가소성'이라는 말이 있어요. 우리의 뇌가 경험과 반복을 통해 변한다는 말입니다. 무언가를 경험하고 나면 뇌는 그 경험을 바탕으로 가장 최적의 상태를 다시 세팅해요. 독서의 강력한 힘은 간접적으로나마 매우 빠른 시간에 새로운 경험을 할 수 있다는 거죠. 책을 읽고 나면 이전에 내가 알고 있던 지식과 새로운 지식이 결합하면서 뇌에 변화가 일어나는 거죠.

캐롤 드웩 교수가 말했던 '성장형 마인드셋'과 '고정형 마인드셋' 이야기도 비슷한 맥락으로 해석할 수 있는데요, 스스로 성장할 수 있다고 믿는 사람은 지속적으로 성장하고, 스스로 어디까지가 한계라고 생각하는 사람은 딱 거기까지만 성장한다는 사실은 이제 많은 사람에게 알려진 이야기죠.

새로운 경험과 정보를 접하게 되면 우리의 뇌는 변하게 되는데 모든 변화가 그렇듯 그 과정에서 저항이 있게 마련이에요. 저항에 안주해서 변화를 거부하는 사람들이 고정형 마인드셋이라고 할 수 있고, 그 저항을 넘어서면 더 나은 나로 성장할 수 있다고 믿는 사람들이 성장형 마인드셋에 속합니다.

여기서 한 가지 중요한 사실을 말씀드리고 싶어요.

앞에서 컴퓨터에 빗대어서 설명했는데요, 여러분은 평범한 가정용 컴퓨터가 아니라 슈퍼컴퓨터를 가지고 태어났다는 겁니다.

그 슈퍼컴퓨터는 얼마나 사용자(나 자신)가 잘 활용하고 개발하느냐에 따라 불가능해 보이는 일들조차 현실로 만들어낼 수 있는 능력을 가지고 있지요. 이때 학벌, 나이, 성별 등 이제는 구시대 기준이 돼버린 편견을 뛰어넘는 것이 중요합니다.

우리는 늘 어제까지 살아온 내가 '실제의 나'라고 생각합니다. 하지만 오늘의 나는 수많은 어제가 누적된 결과일 뿐입니다. 내가 아는 지식이라는 것도 평생 보고 듣고 생각한 것들의 총합일 뿐이죠. 어제까지의 삶은 어차피 되돌릴 수 없는 과거일 뿐입니다. 새로운 오늘이 누적되면 새로운 '내'가 시작되는 게 아닐까요?

물론 여러분이 어제와 똑같은 오늘을 반복해서 살아간다면 달라지는 건 아무것도 없겠죠. 하지만 만약 지금 당장 더 나은 삶을 결심하고 새로운 책 한 권을 읽기 시작한다면 분명 무언가 달라집니다. 내가 원하는 미래를 닮아 있는 첫 번째 '오늘'이 시작되는 거니까요.

내면의 성장을 믿으시기 바랍니다. 여러분은 달라질 수 있고, 무엇보다 독서를 통해 그동안 몰랐던 수많은 가능성을 배울 수 있습니다. 여러분이 가지고 태어난 뛰어난 능력을 평범한 삶을 사는 데 허비하지 마세요.

저는 독서를 통해 제가 조금씩 성장할 때마다 그런 생각을 합니다. '내 삶에 엄청나게 많은 가능성의 시간을 너무나 무의미하게 살아왔구나.' 그걸 알면서도 매번 같은 저항에 부딪히고 안주할 때가 더 많아요. 그때는 몰랐는데 뒤돌아보니 그렇습니다. 하지만 다행히 아직 살아갈 날이 남아 있잖아요. 살아 있다는 것은 성장할 수 있다는 것이고, 실제로 책을 통해 조금씩 성장하면서 이전에는 몰랐던 새로운 사실들을 자각하기 시작했지요. 내 속에 잠자고 있는 막대한 능력을 어떻게 써야 하는지 몰라서 방치하고 있었고, 내 머릿속 슈퍼컴퓨터를 가지고 지극히 일상적이고 평범한 일만 반복하며 살고 있었던 거죠. 그 뒤로는 오늘이라는 새로운 하루가 시작될 때마다 감사하는 마음을 품게 되었습니다.

여러분도 자신의 잠재력을 믿으세요. 생각하는 것보다 여러분은 훨씬 탁월한 사람입니다. 우리가 가진 천재성에 대해 이야기하는 이유는 자신에 대한 인식이 달라질 때 실제로 삶이 달라지기 때문이에요. 책을 왜 읽는 거죠? 책을 통해 이전의 나보다 조금 더 나은 내가 되고 싶어서가 아닐까요? 그럼 책을 읽기 전에 나에 대한 인식부터 바꿔야 합니다.

오랫동안 자신을 억눌러왔던 '나는 공부에 소질이 없어', '나는 책을 별로 안 좋아해'라는 의미 없는 인식의 감옥에서 벗어나야 합니다. 사람마다 차이는 분명 있지만, 성장하려는 마음가짐으로 실제 성장을 이루어가다 보면 출발점이 어딘지는 전혀 중요하지 않다는 걸 알게 되거든요. 세상 어디에서도 찾을 수 없는 오직 자기 안에서만 찾을 수 있는 보물을 발견해보세요. 책은 퍼즐처럼 흩어져 있는 그 보물을 찾게 도와주는 보물 지도의 조각들입니다.

배경지식schema이 속도를 좌우한다

책을 빨리 읽고 싶나요? 저도 어릴 때부터 속독하는 사람을 무척 부러워했는데요, 애서가들이 가장 원하는 능력 중 하나가 속독 아닐까 싶어요.

맷 데이먼과 로빈 윌리엄스가 주인공인 〈굿 윌 헌팅〉(1997)이라는 영화가 있어요. 그 영화에서 윌(맷 데이먼)이 책을 휙휙 넘겨가면서 읽는데 그 속의 모든 내용을 다 기억하고 이해하는 장면이여러 차례 나옵니다. 저는 이 영화를 본 이후부터 빠르게 읽으면서도 내용을 깊이 이해하는 능력을 동경해왔던 것 같아요.

최근에는 우리나라에서도 리메이크된 넷플릭스 법정 드라마 〈슈츠SUITS〉(2011)에서 마이클 로스라는 주인공이 한 번 읽고 이해한 것은 결코 잊어버리지 않는 놀라운 기억력의 소유자로 등장하지요.

이렇게 영화와 드라마에서 본 장면으로 판타지가 생겨서 그런지 모르겠지만, 저는 속독이 그저 빨리 보고 다 기억할 수 있는 능력이라고만 막연하게 생각해왔습니다. 그런데 실제로 제가 책을 읽는 속도가 빨라지면서 발견하게 된 점은 모든 책을 천편일률적으로 빨리만 읽는 게 능사는 아니라는 사실이었어요.

속독에는 여러 가지 방법이 있습니다. 속시라고 해서 눈으로 빨리 보는 방법, 펜으로 시야를 고정해 속도를 높이는 방법, 한 번에 볼 수 있는 시야를 확대해서 책을 빨리 보는 방법 등 다양한 기술이 있습니다.

그러나 독서는 이론이 아니라 체험입니다. 이론이나 원리를 안다고 해도 스스로 직접 경험해보지 않으면, 아무리 머리로 많이 알아도 실제로 자기 것으로 만들지 못합니다. 독서법 관련 책을 여러 권을 읽어도 책을 잘 읽지 못하는 이유가 거기에 있습니다.

운동이 몸의 근육을 활성화하고 자극하는 활동이라면, 독서는 뇌의 성능을 활성화하고 자극하는 활동입니다. 특정한 부위를 꾸준히 운동하면 탄탄한 근육이 생기고 근육이 생긴 만큼 더 무거운 것을 들어 올릴 수 있는 것처럼 특정한 방법을 적용해 반복하다 보면 그만큼 그 원리에 단련되어 보통 사람이 하는 것보다 훨씬 많은 양을 깊이 있게 읽어낼 수 있습니다.

우리의 뇌는 슈퍼컴퓨터 이상의 놀라운 능력이 있다고 말씀드렸지요. 다만 태어나 성장하는 과정에서 수많은 가능성이 기존 사회의 통념이나 교육 방식 등으로 인해 제대로 발휘되지 못한 채 내면에 고스란히 잠들어 있습니다.

예를 들어 인간의 시력은 그 사람이 처한 환경에 최적화하여 적응합니다. 그래서 멀리 있는 것을 볼 필요 없이 늘 가까이에 있는 것들만 보는 현대인의 시력은 점점 낮아지죠. 1.0의 시력만 되어도 좋은 편이라고 할 수 있어요. 하지만 저 멀리 지평선 끝에 있는 것들을 바라보며 자라는 몽골인의 최고 시력은 6.0이라고 합니다. 중요한 건 인간이 어떤 환경에서 무엇을 반복하느냐에 따라 우리의 몸과 뇌는 끊임없이 반응하고 그에 적응한다는 것입니다.

운동을 통해서 근육이 늘어나는 원리도 비슷합니다. 평소에는 들 필요가 없었던 무거운 역기를 매일 들어 올리는 운동을 반복하면 몸은 그런 반복에 적응하기 위해 필요한 근육을 발달시키잖아요. 속독을 이해하려면 무엇보다도 우리가 평소에 단련해본 적 없는 우뇌에 대해 알아야 합니다. 우뇌가 유연한 사람일수록 빨리 읽으면서도 깊이 읽는 능력을 갖추기가 쉬워지기 때문이죠.

좌뇌와 우뇌는 많이 다르다는 말 많이 들어보셨지요. 꼭 좌뇌 우뇌로만 구분할 수 있는 건 아니지만, 기본적으로 우리 뇌는 각 부분에 따라 역할이 정해져 있고, 뇌의 특정 부분이 손상되면 그에 따른 이상이 발생하는 사례와 연구 결과가 많습니다. 이를 바탕으로 인간의 '뇌지도brain map'가 더욱 정교하게 완성되고 있지요. 우리가 어떤 생각을 할 때 뇌가 어떻게 작동하는지, 우리 일상과 삶 전체가 얼마나 뇌의 시스템을 통해 습관적으로 반복되고 있는지 다양한 연구 결과가 알려주기도 하지요.

우리의 뇌는 새로운 정보가 입력되면 중요도에 따라 기억되기도 하고 망각되기도 합니다. 앞에서 설명했던 것처럼 기본적으로

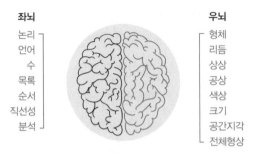

좌뇌 　　　　　　　　　　우뇌

논리 ┐　　　　　　　　　┌ 형체
언어 │　　　　　　　　　│ 리듬
수 　│　　　　　　　　　│ 상상
목록 │　　　　　　　　　│ 공상
순서 │　　　　　　　　　│ 색상
직선성│　　　　　　　　　│ 크기
분석 ┘　　　　　　　　　│ 공간지각
　　　　　　　　　　　　└ 전체형상

우리가 보고, 듣고, 느끼고 생각한 것을 뇌는 다 기억하고 있습니다. 다만 그것을 다시 불러내는 방법을 모르기 때문에 기억하지 못한다고 느끼는 것이지요.

　스키마 독서법은 기존에 가진 자신의 배경지식schema을 바탕으로 지식을 확장하는 독서법입니다. 애당초 우리는 배경지식이 없으면 온전히 그 내용을 이해할 수 없죠. 그래서 어려운 책을 억지로 며칠씩 걸려서 읽어도 기억에 남는 게 거의 없어요. 반면에 배경지식이 많은 분야의 내용은 상당히 빠른 속도로 읽어도 저자가 주장하는 내용이 무엇인지, 어떤 사례를 들어 설명하고 있는지 금방 파악할 뿐만 아니라, 그렇게 이해한 내용을 누군가에게 설명할 수 있을 만큼 충분히 이해할 수 있습니다.
　가령, 어떤 드라마를 볼 때 7화부터 보는 사람은 남자 주인공이 여자 주인공에게 던지는 중요한 대사에 쉽게 공감하기 어려울 거예요. 남자 주인공이 왜 저런 말을 하는지 이전 이야기를 알지 못하기 때문이죠. 하지만 1화부터 본 사람이라면 쉽게 이해되겠지요. 그런데 어떤 드라마는 중간부터 봐도 그냥 이해되는 경우가 있어요. 그게 스키마의 힘이지요. 다양한 드라마를 봤던 사람이라면, 기본적으로 대중을 대상으로 한 이야기 전개 방식을 알게 되는 거죠. 그래서 드라마를 많이 본 사람일수록 등장인물의 구성을 일부만 보아도 꿰뚫고, 이후 어떤 이야기가 전개될지 비교적 정확히 짐작할 수 있습니다.

반대로 도스토옙스키의 작품이 명작인 줄 알면서도 읽고 감동하지 못한다면 그건 기본적으로 러시아 문학에 대한 배경지식이 없고, 소설의 문장을 통해 작가의 의도를 읽어내는 훈련이 부족하기 때문일 겁니다. 작가가 텍스트로 말해주는 장면을 머릿속으로 그릴 수 있어야 하는데 그게 안 되는 거죠. 그런 책을 속독 기술로 빨리 읽으려 한다면 무리가 따를 거예요.

분명히 속독 방법도 있고, 그런 방법들을 통해 독서력이 향상되지만, 기본적으로 우리가 어떤 책을 읽어야 하는지를 생각하기 이전에 내가 어떤 책을 읽고 싶은지, 나에겐 어떤 책이 필요한지를 먼저 생각해야 하는 이유가 여기에 있는 거죠.

어떤 책을 만나게 되는 과정은 마치 소개팅과 비슷해요. 우리가 사람을 소개받아서 만날 때 먼저 그 사람의 외모와 프로필을 보죠. 상대방을 만나게 되면 대화를 통해 그와 나의 공통 관심사를 찾게 되고요. 예를 들어 "영화 좋아하세요?" "혹시 어떤 음식 좋아하세요?" 같은 질문을 던지는 이유는 공통 관심사를 찾아 대화를 이어가려는 목적일 거예요. 그런 대화를 통해 꼭 기억해야할 중요한 내용은 메모하기도 하고, 이 사람을 다시 만날지 아닐지 판단하잖아요.

책을 처음 만났을 때, 혹은 책을 실제로 구입하기 전에 우리는 책의 표지를 보고, 그 책의 프로필에 해당하는 차례, 저자 소개, 추천사 등을 읽어보죠. 물론 믿을 만한 사람이 추천해준 경우에는 특별한 검증 없이 만나보는 경우도 있어요.

소개팅한다고 해서 반드시 사귈 필요는 없잖아요. 한 번의 만남으로 모든 걸 다 알려고 하는 것은 욕심이에요. 책이든 사람이든 똑같습니다. 더 만나고 싶은 책인지, 나에게 도움이 되는 책인지, 언제 읽으면 좋을 것 같은지 등을 판단하는 것만으로도 가치가 있다고 생각해요. 책을 한 번에 빨리 읽고 모든 내용을 이해하는 것을 목적으로 하지 않고, 우선 이 책이 나와 잘 맞는 책인지 살펴보는 거예요.

지금 내가 읽기에 적합한 내용인지 전반적인 내용을 빠르게 파악하면서 부담 없이 읽어나가는 게 좋습니다. 그렇게 읽어도 스키마는 자연스럽게 늘어납니다. 무엇보다 별로 지치지 않아요. 책을 읽기 힘들어하는 사람일수록 스스로를 혹사하면서 억지로 독서하는 경우가 많아요. 그러면 금방 지칩니다. 몇 권 정도는 읽어내겠지만, 다독으로 이어지긴 어렵죠. 책을 읽는 경험 자체가 힘들다고 느끼기 때문에 다음에 책을 펼칠 때 그만큼 책이 무거워지거든요.

사람들이 운동이나 다이어트, 독서를 매년 다짐하지만 실천하지 못하는 이유는 재미있게 부담 없이 시작하기보다는 더 빨리 더 많은 성과를 한 번에 내려고 하기 때문이지요. 속독을 조급한 마음으로 하려는 것도 이와 같아요.

저는 책을 빨리 읽는 기술을 배우고도 책을 거의 읽지 않는 분들을 만난 적이 있어요. 빨리 읽을 수 있는데 왜 책을 안 읽을까요? 별로 안 보고 싶기 때문이에요. 시험 점수를 높이기 위해 공부하듯이 열심히 훈련했을지도 몰라요. 그럼 책 읽는 속도를 높이는 목적은 달성하겠지만 정작 책을 읽고 싶진 않은 거죠.

독서는 평생 해야 하는 거잖아요. 100권이든 1,000권이든 그것만 다 읽으면 안 읽으려고 독서를 하는 건 아니잖아요. 독서는 숙제가 아니라 축제니까요. 내가 즐길 수 있도록 스스로 조금씩 길을 열어주어야 해요.

처음에는 빨리 읽으면 무슨 말인지 모르는 경우도 많고, 빨리 읽는 행위 자체가 너무 낯설게 느껴질 수도 있어요. 하루에 열여덟 시간을 운동한다고 근육질 몸매가 만들어지지 않죠. 오히려 몸살만 납니다. 책도 갑자기 빨리 많이 읽으면 머리만 아프고 재미가 없어요. 오히려 30분씩 일주일에 두 번, 18주 동안 운동했을 때 훨씬 더 건강하고 재미있게 운동할 수 있지 않을까요.

뇌의 언어는 '반복'입니다. 이건 독서뿐만 아니라 공부나 운동, 연애에도 모두 적용되는 원리입니다. 책을 빨리 읽고 싶다면, 책을 빨리 보는 연습을 반복해야 합니다. 억지로 많이 하지 않아도 됩니다. 재미있게 조금씩만 하세요. 책을 읽을 때 의식적으로 조금만 더 집중해서 읽는 속도를 높여보세요. 그런 작은 반복이 이루어질 때 뇌는 속독에 활성화됩니다.

이미 속독하고 있는 당신

사실 여러분은 이미 생활 속에서 속독을 하고 있습니다. 다만 너무 익숙해진 나머지 스스로 인지하지 못할 뿐이지요.

최근에 혹시 영화 본 적 있나요? 한국 영화가 아닌 외화들은 다 자막이 나오잖아요. 처음 자막이 나오기 시작하면 우리는 그 글자들을 습관처럼 한 자 한 자 읽습니다. 그러다 영화에 몰입하게 되면 빠르게 지나가는 와중에도 영상과 자막을 모두 보고 이해하는 놀라운 속독을 하게 돼요. 자막 읽느라고 영화를 제대로 못 보는 사람은 거의 없지요. 대개는 빠르게 자막을 읽어내는 훈련이 되어서 스스로 생각하는 것보다 훨씬 더 빨리 텍스트를 읽을 수 있어요.

비단 영화뿐만이 아닙니다. 버스에 붙어 있는 광고 중에 유독 한눈에 쏙 들어오는 광고가 있어요. 두세 줄로 되어 있는 카피인데도 순식간에 무슨 의미인지 이해되는 광고요. 그런 경우 평소에 관심 있는 분야의 광고일 가능성이 높아요. 그 분야의 스키마가 많기 때문에 그 정도 카피는 한눈에 이해할 수 있죠.

스마트폰으로 읽게 되는 다양한 가십성 기사도 마찬가지입니다. 가십을 한 줄 한 줄 꼼꼼히 다 읽진 않지요. 처음 한두 줄 천천히 읽고는 쑥 내리면서 훑어봅니다. 그런 것도 속독 방법 중의 하나지요.

이미 정보가 넘쳐나는 세상에서 우리는 전보다 훨씬 빠른 속도로 다양한 정보를 받아들이고 해석하는 데 최적화되어 있습니다. 그렇게 진화하고 있습니다.

다만 책만 펼쳐 들면 속도가 느려지는 것은 이전에 아주 오랫동안 학교에서 책으로 공부하면서 반복된 습관 때문이에요. 학교라는 곳이 애석하게도 책을 '즐기게' 만들어주는 공간이기보다는 책을 '질리게' 만드는 공간이잖아요. 지금은 많은 분이 미래 지향적인 교육을 위해 애쓴 덕분에 상당히 변했지만, 입시와 성적이라는 큰 틀이 바뀌지 않는 상태에서 책이 질리지 않기란 결코 쉬운 일은 아닐 거예요. 그러다 보니 우리가 책을 대하는 태도도 매우 경직되어 있고, 여러 가지 편견에 고정되어버린 거죠. 공부 방식이 생각의 방식을 상당 부분 지배하고 있는 게 현실입니다.

어깨를 잔뜩 움츠린 듯한 그런 느낌, 책 앞에만 서면 작아지는 마음, 늘 책이 정답이고 내 생각은 무시되어왔던 현실 모두 다 내려놓으세요. 이제 여러분을 가로막고 있는 것은 아무것도 없습니다. 마음껏 자유롭게 책을 읽어보세요. 이미 우리는 수많은 텍스트를 빨리 읽고 있어요. 책이라고 다르지 않습니다. 한번 빨리 읽어보세요. 이전보다 훨씬 더 책을 속도감 있게 읽는 자신을 발견하게 될 거예요. 빨리 읽다 보니 내용을 자꾸 놓치는 것 같아서 불안하다고요? 괜찮습니다. 중요하지 않은 책이라면 지나쳐도 문제될 건 없고요, 중요한 책이라면 어차피 다시 보면 되니까요. 모든 책을 빨리만 보라는 뜻이 아니에요. 기본적으로 책을 빠르게 보는 방법으로 바꿔보라는 말입니다.

중요한 것은 여러분의 마음입니다. 독서와 관련해 억압되어 있던 모든 족쇄를 풀어버려야 합니다. 책은 그냥 책이에요. 종이에 잉크가 인쇄되어 있고 여러분은 그저 원하는 것만 골라서 읽고 싶은 만큼만 읽으면 됩니다. 아무도 뭐라고 할 사람이 없습니다.

자신만의 방법으로 책을 읽으면 됩니다. 책뿐만 아니라 삶을 살아가는 자체가 자신의 방식으로 읽어나가는 것이니까요. 그렇게 자유롭게 읽다 보면 내면에 잠재되어 있는 무한한 가능성과 지적 욕망이 눈을 뜨게 돼요. 그러면 누가 시키지 않아도 몇 시간씩 책에 빠져들어 읽을 수 있습니다.

하루에 드라마나 영화 두세 편을 몰아서 본 경험이 있다면, 게임을 하다가 밤을 꼬박 새운 적이 있다면 자신이 온종일 책에 빠져들 수 있는 사람이며, 빠른 속도로 책 두세 권쯤은 거뜬히 읽어 낼 능력이 있다는 사실을 의심하지 마세요.

천천히 읽어야만 기억에 더 많이 남을까?

파스칼은 "너무 빨리 읽거나 너무 천천히 읽을 때 모두 아무것도 이해할 수 없다"라고 말했습니다. 다시 말해 글을 읽는 최적의 속도가 있다는 이야기입니다. 상식적으로 우리가 착각하는 가장 큰 오해 중 하나가 천천히 읽어야 더 많이 기억된다는 생각입니다. 정말 그럴까요?

아마 여러분 다수는 일주일, 한 달에 걸쳐 읽은 책이 한두 권은 있을 거예요. 그중에 가장 최근에 읽었던 책을 한번 떠올려보세요. 그 책에 대해서 타인에게 얼마큼 얘기해줄 수 있나요?

아래에 한번 생각나는 대로 적어보세요.

_____

_____

분명히 읽을 때는 천천히 꼼꼼히 본다고 생각하면서 읽었을 거예요. 그런데 기억나는 건 그리 많지 않을지도 모릅니다. 왜 그럴까요?

너 무 빨 리 읽 어 도 기 억 나 지
않 지 만 , 너 무 느 리 게 읽 어
도 기 억 나 지 않 습 니 다 .

이렇게 천천히 읽으면 더 이해가 잘되나요? 아래 문장을 다시 읽어보세요.

너무 빨리 읽어도 기억나지 않지만,
너무 느리게 읽어도 기억나지 않습니다.

어느 쪽이 더 빠르게 이해되고 보기에도 편한가요?
우리의 인지 능력은 알맞은 속도를 요구합니다. 그 속도는 반복되는 환경에 따라 훈련됩니다. 책보다 스포츠 기사를 읽을 때 훨씬 빨리 읽는 이유는 그런 형식의 글을 반복적으로 읽어 훈련되었기 때문이에요. 그러면서도 요점은 더 정확하게 파악할 수도 있지요.

어떤 책을 읽을 때 주제가 무엇인지, 작가는 어떤 사람인지, 어떤 사례들을 언급했는지, 그런 사례들로 전하고자 하는 요점이 무엇인지를 먼저 이해하고 읽으면, 책을 빨리 보더라도 저자의 의도나 맥락을 놓치지 않고 읽을 수 있습니다. 속독하는 사람은 반복적인 독서 체험 속에서 의도적으로 더 빨리 읽고 이해하기 위해 노력한 결과물로 그러한 실력을 갖추게 된 셈이지요. 빨리 읽다 보면 그 속도에 뇌가 적응하는 겁니다. 내가 환경의 변화를 주지 않고 아무런 자극도 없이 뇌가 알아서 빨리 책을 이해하는 일은 없어요.

천천히 읽는 방법은 자동차를 기어 1단에 놓고 운전하는 것과 같습니다. 바깥 풍경을 보고 싶다면, 운전에 서툴다면 조심조심 천천히 기어 1단에서 움직이는 것도 좋지요. 하지만 빨리 읽고 싶다면 기어를 올려 환경을 바꾸어주어야 합니다. 할 수 있습니다. 이미 그렇게 하고 있으니까요.

책으로 경험하고 성장하다: 다재다능 독서

책은 한 번 읽으면 그 구실을 다하는 것이 아니다.
재독하고 애독하며, 다시 손에서 떼어놓을 수 없을
정도의 애착을 느끼는 데서
책의 그지없는 가치를 발견할 수 있을 것이다.
– 존 러스킨

다독: 많이 읽다

다독多讀은 세상을 보는 시야를 넓혀줍니다. 같은 현상에 대해서 다양한 관점에서 바라본 여러 사람의 이야기를 들을 수 있기 때문입니다. 그래서 많은 책을 읽어보고, 많은 사람을 만나보고, 많은 곳을 여행해보아야 한다고들 하지요.

"독만권서 행만리로 교만인우讀萬卷書 行萬里路 交萬人友"라는 말도 있습니다.

명나라 말기의 문인이자 화가였던 동기창董其昌이 그의 저서 『화선실수필畵禪室隨筆』에서 "독만권서 행만리로"라는 말을 남겼습니다. 그림을 잘 그리기 위해서는 1만 권의 책을 읽고 1만 리를 여행하라는 말입니다. 훗날 사람들이 이 말에 교만인우交萬人友를 붙여 말하면서 중국의 속담처럼 전해진다고 합니다. 교만인우는 '만 명의 사람과 만나보라'는 뜻이지요.

이처럼 다양한 독서의 중요한 목적 중의 하나는 새로운 경험을 통해 다양한 관점으로 세상을 볼 수 있는 시야를 기르는 것입니다. 하지만 넓게만 안다고 충분하지 않습니다. 하나를 봐도 깊이 있게 통찰할 수 있는 안목도 필요합니다.

안목은 같은 것을 여러 번 읽음으로써 얻을 수 있습니다. 다독이 다양한 책에서 새로운 관점을 얻는 것이라면, 재독再讀은 한 권의 책을 다양한 관점으로 읽는 것입니다. 책을 깊이 있게 읽는 사람들의 공통점 중의 하나는 곁에 두고 보고 또 보는 책이 한 권씩은 있다는 것입니다. 열 권의 책을 한 번씩 읽으면 열 권만큼의 지식을 얻을 수 있지만, 좋은 책 한 권을 열 번 읽고 열 배의 안목이 길러지면 이후에는 똑같이 열 권을 읽어도 마치 100권을 읽은 것과 같은 지식을 얻을 수 있습니다. 간단하게 공식으로 설명하자면, 다음과 같습니다.

독서력 = 안목(깊이의 독서) × 시야(넓이의 독서)

넓이의 독서와 깊이의 독서가 잘 어우러질 때 우리는 책을 통해 진정한 지적 즐거움을 얻을 수 있습니다. 깊이 없는 다독은 힘이 약합니다. 나 자신을 위한 독서이기보다 무언가를 뒤쫓아 가는 독서입니다. 내가 원하는 분야에서 깊이를 먼저 갖추고 시야를 넓혀 다양한 독서를 해보세요. 나만의 깊이를 축적해가면서 시야를 넓히는 독서의 기쁨과 충만함을 느껴보아야 합니다. 그게 진짜 독서입니다.

재독: 다시 읽다

"처음 책을 읽을 때에는 한 사람의 친구와 알게 되고, 두 번째 읽을 때에는 옛 친구를 만난다"라는 중국 속담이 있습니다. 앞에서 독서의 깊이는 같은 것을 여러 번 읽음으로써 얻는다고 말씀드렸는데요, 읽은 책을 다시 읽는 것, 그것을 재독再讀이라고 합니다. 독서에서 가장 중요한 방법을 딱 하나만 고르라고 한다면, 저는 망설임 없이 '재독'을 꼽고 싶습니다. 위 속담과 같이 처음 읽는 책과 다시 읽는 책은 사뭇 다릅니다.

사람을 한 번 만나서 그의 진가를 알 수 없듯이, 책도 한 번 읽어서는 그 속의 가치와 의미를 다 이해하기 어렵습니다. 중요한 것은 다시 읽을 책인지 한 번 읽고 말 책인지 고를 수 있는 안목입니다. 사람을 이해하는 안목이든 책을 읽는 안목이든, 안목이란 누적되는 경험에서 비롯되는 것입니다.

우리가 책을 사는 이유가 뭘까요? 도서관에 가면 빌려 볼 수 있고, 서점에 가서 그냥 읽어만 봐도 되잖아요. 주변에 책이 많은 사람이 있다면 그 사람에게 빌려서 봐도 되고요. 왜 굳이 책을 사서 보는 걸까요?

책을 사는 이유는 내가 보고 싶을 때 언제든지 보기 위해서지요. 즉, 책은 다시 보기 위해서 사는 것입니다.

다시 본다는 것은 진지한 만남을 의미합니다. 그 책의 이야기를 깊이 이해하려 노력하고, 작가의 말이 어떤 의미인지 충분히 이해할 때까지 다시 볼 수 있어야 합니다. 재독을 해보면 내가 얼마나 책을 얄팍하게 읽고 있었는지 알게 됩니다. 책을 많이 읽어도 변화와 성장이 없다면 그건 좋은 책을 다시 읽지 않았기 때문입니다.

정말 좋았던 책, 나에게 울림을 준 책을 다시 읽어보세요. 멋진 이성을 한 번 만나서 서로 알게 되면 그걸로 충분한가요? 마음에 드는 사람일수록 더 만나고 싶잖아요. 한 번 보고 두 번 봐도 자꾸만 보고 싶은 마음이 생기잖아요. 책도 마찬가지입니다. 좋은 책일수록 다시 읽을 때 비로소 진가를 알 수 있습니다.

그런데 많은 분이 독서를 의무감으로 하다 보니 한 권을 다 읽고 나면 '다시 보고 싶다'고 생각하기보다는 '아, 드디어 다 봤네'라며 자신의 의무를 다했다고 여깁니다. 물론 모든 책을 재독할 필요는 없지만, 나에게 의미 있는 책은 반드시 다시 볼 줄 알아야 합니다. 좋은 책을 만난다는 것은 그 운명적인 사랑을 만나는 것만큼 떨리고 멋진 일입니다.

제가 최근에 가장 많이 다시 읽은 책은 일본 츠타야 서점의 창업주인 마스다 무네아키 대표의 『취향을 설계하는 곳, 츠타야』(위즈덤하우스, 2017)라는 책입니다. 열 번도 넘게 읽었습니다. 그의 책을 처음 읽은 건 『지적자본론』(민음사, 2015)이라는 책이었는데, 이 책도 정말 좋았거든요. 서너 번 읽었습니다. 그 책을 읽고 보니 이전에 출간되었던 『라이프스타일을 팔다』(베가북스, 2014)라는 책도 있어서 사 보았죠. 책은 좋았으나 저랑은 살짝 안 맞는 느낌이 들었습니다. 그 책은 한두 번 보고는 잘 안 읽게 되더군요. 그러다 『취향을 설계하는 곳, 츠타야』를 서점에서 보았는데, 사실 처음에는 별로였습니다. 그래서 구입하지 않았죠. 단순히 자신의 블로그 글을 에세이로 묶은 느낌이었고, 무엇보다 지나치게 멋있는 책 디자인 때문에 오히려 내용은 가벼울 것 같다는 인상을 받았어요. 시간이 조금 흘러 그사이에 다른 책들을 더 보다가 우연히 그 책을 다시 한번 소개받았습니다. 이번에는 망설임 없이 구입해서 읽었습니다. 그러고는 빠져들었습니다. 그 책이 가벼운 내용이라서 별로라고 느꼈던 게 아니라, 오히려 가볍게 읽으면 안되는 책이어서 첫인상이 안 좋았던 겁니다. 다시 보게 된 『취향을 설계하는 곳, 츠타야』는 저에게 큰 감명을 주었고 한 달 넘게 가방에 넣고 다니며 틈만 나면 다시 펼쳐 보는 책이 되었습니다. 읽은 책을 다시 읽으면 처음 보이지 않던 것들이 보입니다. 여러 번 읽다 보면 텍스트와 텍스트 사이에 존재하는 작가의 한숨, 작가의 열정, 작가의 눈물, 작가의 희열 같은 게 느껴집니다. 저는 그 책에서 큰 영감을 받아 〈세상에서 가장 작은 서점, 사이책방〉을 열기도 했습니다. 재미있는 것은 실제 그 책에서 소개된 책방과는 사뭇 다른 방향의 콘셉트라는 점이지요. 처음 읽을 때는 그 책이 말해주는 표면적인 것들만 읽었지만, 여러 번 다시 읽으면 작가의 의도와 사고방식을 배울 수 있습니다. 저는 여러 번 읽고 그걸 배운 셈이지요. 이처럼 재독은 한 번 읽을 때는 알 수 없는 독서의 깊이를 만들어줍니다.

책을 빠르게 읽어도 되는 이유는 다시 읽으면 되기 때문입니다. 처음 읽을 때 빠르게 그 내용을 파악하고 나면, 이 책이 다시 읽을 책인지, 다시 읽어야 한다면 언제 다시 읽을지, 그리고 몇 번이나 더 읽을 만한 책인지 어느 정도 판단이 서게 됩니다. 물론 그 기준은 사람마다 다를 수밖에 없겠지요. 그렇기 때문에 더더욱 스스로 책을 보고 고르는 안목이 중요한 것입니다.

한때 야마구치 마유가 쓴 『7번 읽기 공부법』(위즈덤하우스, 2015)이라는 책이 베스트셀러가 된 적이 있습니다. 재미있게도 우리나라나 일본이나 학구열이 워낙 강하다 보니 독서법 책보다 때론 공부법 책에 훌륭한 독서법이 더 쉽고 명쾌하게 정리되어 있곤 합니다. 이 책 역시 그런 유 중의 한 권이었습니다. 독학으로 도쿄 대학교를 입학하고 수석으로 졸업한 작가가 쓴 책이라 더 흥미가 가죠.

책의 메시지는 단순합니다. 절대 이해하려고 하지 말고, 30분에 한 번씩 일곱 번을 반복해서 읽는 것이 공부법의 핵심이라는 것이지요. 그저 여러 번 반복해서 읽는다고 이해도 되고 기억이 될까 싶지만, 사실 매우 설득력 있는 주장입니다. 우리 뇌의 언어가 '반복'이기 때문이에요. 뇌는 반복해서 보고 듣고 움직이고 느낀 것은 중요하다고 생각하여 그 반복의 정도에 맞게 몸을 자동으로 최적화합니다.

흔히 좋은 책을 가까이하고, 좋은 사람을 만나고, 좋은 생각을 해야 한다고 말하는 근거가 다 거기에 있습니다. 좋은 말, 좋은 생각, 좋은 책, 좋은 행동이 반복되면 삶이 나아질 수밖에 없지요.

다양한 책을 많이 읽으면서 그중에 좋은 책을 발견하고, 그 책을 다시 읽어보세요. 그 책의 이야기를 읽으면서 한 번, 메모하면서 한 번, 누군가에게 이야기해주면서 한 번, 이런 식으로 다시 만날 수 있죠. 이렇게 좋은 책을 다시 만나다 보면 어느새 그 책과 닮아가는 자신을 발견하게 될 겁니다. 친한 친구가 서로 닮아가듯이 말이죠.

다독: 겹쳐 읽다

흔히 '많다'는 뜻으로 읽는 '다多'에는 '겹치다, 포개지다'라는 뜻도 있습니다. '많이 읽다'라는 뜻을 지닌 다독의 또 다른 의미는 '겹쳐 읽는다'입니다. 재독의 확장이라고 볼 수도 있습니다.

겹쳐 읽는 것은 2장에서 직렬독서와 병렬독서로 설명드렸어요. 재독을 이해하지 못하면 직렬독서와 병렬독서가 무의미하죠. 한 권의 책을 다시 읽는 지점에서부터 깊이 있는 독서가 시작되니까요.

직렬독서는 한 권의 책에서 시작하여 해당 작가의 책이나 그 분야를 파고드는 독서입니다. 나 중심의 기준이나 관점을 가지고 접근하기 때문에 공부보다는 탐구 느낌이 강하게 들지요. 호기심이 생깁니다. 진짜 공부인 셈이에요. 시험을 봐야 하는 것도 아니고, 누구한테 자랑하려는 것도 아니고, 그저 내가 더 알고 싶어서 깊이 빠져드는 것입니다.

한 권의 책은 그저 그 작가 혼자의 생각이 아닙니다. 그 책이 있기 전에 작가에게 영향을 준 많은 책이 있고, 많은 사람이 있으며, 삶의 무수한 경험이 있기 때문이죠. 살아가면서 '결'이 비슷한 사람을 만나면 금세 알아차릴 수 있죠. 책도 그래요. '결'이 비슷한 책들을 같이 묶어서 읽어보면 일대일로 대화하는 것을 넘어서 여러 사람이 토론하는 것과 같은 느낌을 받습니다.

결이 비슷한 책에는 비슷한 이야기들이 나오지만, 조금씩 다르게 해석되는 경우도 있죠. 그 미세한 차이가 직렬독서와 재독을 병행하면서 느낄 수 있는 묘미이기도 합니다.

이쯤 되면 이런 생각이 드는 분도 있을 거예요.

'한 권 다 읽는 것도 버거운 마당에 읽은 책을 다시 읽으라더니, 이젠 비슷한 책들을 겹쳐서 읽고 그걸 또다시 읽으라고? 도대체 언제 그걸 다 읽으라는 거야!'

평면적으로 접근하면 그렇게 이해할 수밖에 없습니다.

어떤 분야의 좋은 책을 재독하면서 나름대로 자신만의 관점과 안목을 갖추게 되면 다른 책을 읽을 때 역시 책을 읽는 속도나 이해력이 높아지죠. 그게 바로 독서를 통한 성장입니다. 책을 읽는 근육이 생기는 거죠.

재독이 반복되면 모든 부분을 다시 다 읽게 될까요? 여러 책을 읽으면 모든 텍스트를 한 글자 한 글자 꼼꼼히 보는 걸까요? 그렇지 않습니다.

처음 운전을 배울 때는 클러치 밟고 기어를 넣으면서 백미러를 확인하고 다시 액셀레이터를 밟는 일련의 동작이 정말 어렵습니다. 그런데 운전을 몇 년 하고 익숙해지면 어떻게 되죠? 앞서 말한 모든 동작을 아무렇지도 않게 하면서 커피도 마시고, 전화도 받고, 앞에서 갑자기 끼어드는 차를 욕하기까지 하며 태연하게 모든 동작을 수행하죠.

독서도 마찬가지입니다. 빨리 읽는 것도, 깊이 읽는 것도, 책을 다시 읽고 겹쳐 읽는 것도, 책을 많이 읽으면서 여러 가지 방법에 익숙해지면 아주 자연스럽게 모든 읽기 모드가 자동으로 작동할 수 있게 됩니다.

동시에 어떻게 여러 권의 책을 같이 읽느냐는 질문을 많이 받는데요, 가능합니다. 실제로 저는 동시에 여러 책을 펼쳐놓고 읽기도 합니다만 대부분 한 권을 다 읽지 않은 상태에서 나에게 필요한 또 다른 책을 꺼내 읽습니다. 한 번에 여러 책을 읽는다는 건 보통 이런 경우를 말합니다.

다 읽지 않아도 괜찮다고 했잖아요. 지금 나에게 필요한 만큼만 읽으면 됩니다. B라는 책을 읽다가 궁금한 점이 생겼는데, 얼마 전에 읽었던 A라는 책에 그와 비슷한 이야기가 나왔던 기억이 납니다. 그러면 주저 없이 A를 찾아 해당 부분을 펼쳐서 읽는 겁니다. 지극히 평범하고 당연해 보이는 독서 방법 아닌가요? 그렇게 한 권을 읽으면서 여러 책이 떠오르는 자체가 즐거움이 되는 셈이죠. 이것이 바로 겹쳐 읽는 것입니다. 전혀 어렵지 않아요.

많이 읽고, 다시 읽고, 겹쳐 읽는 것이 반복되면 드디어 책에서 자유로워지는 순간을 만날 수 있어요. 그런 독서를 우리는 능동적인 독서라고 합니다. 누가 시켜서 혹은 누가 권해서 하는 수동적인 독서가 아니라, 내가 원하는 대로 나만의 기준으로 책을 읽어 나가는 독서입니다.

능독: 능동적으로 읽다

무언가에 익숙하지 않은 사람은 수동적으로 행동합니다. 반면에 무언가가 익숙해지고 훈련된 사람은 능동적으로 상황에 대처하죠.

책을 읽는다는 것은 매우 능동적이고 주체적인 행동입니다. 다만 앞서 언급한 여러 가지 이유로 인해 우리는 상당히 수동적인 독서를 해왔음을 인정하지 않을 수 없습니다.

책을 많이 읽고, 다시 읽기를 반복하다 보면 어느 순간 능동적인 독서가 가능해집니다. 지금까지는 주어진 것을 읽기에 급급했다면, 이제는 적극적으로 무엇을 읽어야 할지, 얼마나 읽어야 할지, 어떻게 읽어야 할지, 언제 어디서 읽어야 할지를 스스로 정할 수 있게 되지요.

다양한 책을 능숙하고 능동적으로 읽는 단계를 능독能讀이라고 표현했습니다. 재미있는 독서에서 의미 있는 독서로 넘어가는 과정이라고 해도 좋습니다. 재미있는 책, 끌리는 책을 읽으라고 누차 강조했지만, 여기에는 분명 오해의 소지가 많습니다. '재미있다'는 것에 대한 해석의 차이 때문인데요, 능동적인 독서가 시작되면 독서의 즐거움은 배가 됩니다. 재미만 있는 것이 아니라 의미도 생기니까요.

모든 즐거움은 능동적인 상황, 주체적인 상황에서만 누릴 수 있습니다. 자기만의 기준을 가진 사람들만 누릴 수 있는 재미를 발견하는 것입니다.

　능동적인 독서가 중요한 이유는 능동적인 삶을 견인하기 때문입니다. 삶의 원리는 단순합니다. 이 원리는 보통 사람들의 눈에는 잘 보이지 않습니다. 그래서 대부분의 사람은 가장 중요한 삶의 원리를 모른 채 살아갑니다. 우리가 책을 읽는 이유는 그저 많은 지식을 쌓기 위해서가 아니라, 그 단순한 삶의 원리를 깨우치기 위해서가 아닐까요?

　진리가 단순하다면, 답도 멀리 있지 않습니다. 답은 이미 내 안에 있어요. 더 정확하게 말하면 답은 오직 내 안에만 존재합니다. 그것이 핵심입니다.

　타인의 답을 따라가는 삶은 안전해 보입니다. 내 안의 소리와 내 안의 해답을 따라가는 삶은 불안하게 느껴집니다. 내 마음대로 했다가 혼났던 어릴 적 기억들이 무의식 속에서 끊임없이 나를 구속합니다. 나이가 든다고 자연스럽게 다 해결되는 문제가 아닙니다. 스스로 자신을 가둔 틀을 깨부수고, 진정한 독립을 하지 못한 사람은 여전히 타인의 시선에 자신의 삶을 가둡니다.

　중요한 것은 어떤 식으로든 선택해야 하는 순간이 온다는 겁니다. 여기에서 선택이란 자기 삶의 의미를 정하는 것입니다.

　사람은 누구나 자신에 대한 의미를 스스로 정의해야만 합니다.

　만약 자신이 스스로를 규정하지 않으면 반드시 누군가에 의해 규정되기 때문이죠. 누군가에 의해 규정되어 있는 나는 진정한 내가 아님은 물론입니다.

지금 나의 삶이 자유롭지 않다고 느끼고 있다면, 그 이유는 나 자신이 아닌 누군가의 규정대로 살아가고 있기 때문입니다. 그러한 삶은 괴롭고 불만족스러움이 가득할 수밖에 없습니다.

"너 자신을 알라"라는 유명한 말이 있지요. 흔히 소크라테스가 한 말로 알려져 있지만 사실은 고대 그리스 델포이의 아폴론 신전 기둥에 새겨져 있는 격언이라고 합니다. 당대와 후대 철학자들에게 큰 영향을 미친 이 격언이 소크라테스의 말이라 여겨진 이유는 소크라테스의 사상과 일치하는 부분이 많았기 때문일 텐데요, 그는 자신은 아무것도 모른다고도 했고, 자신이 뭐든 다 안다는 듯 말하는 정치인이나 궤변론자를 특히 싫어하기도 했다지요. 그만큼 자신이 어떤 사람인지 안다는 건 어렵고 중요한 일이라는 증거일 것입니다.

자신이 누구인지 고민하고, 스스로를 규정하고 원하는 삶을 자발적이고 주도적으로 살아가는 능동인能動人과 자신을 규정하지 못한 채 타인이 원하는 삶을 살아가는 피동인被動人, 여러분은 둘 중 어떤 사람인가요?

독서의 본질도 같은 물음에서 시작합니다. 책이 곧 인류의 지성사이며, 내가 책을 통해 성장한다는 것은 그 놀라운 성장의 역사 위에서 세상을 내려다보는 경험입니다. 무엇을 읽을지, 얼마나 읽을지, 어떻게 읽을지, 언제 어디서 읽을지 스스로 정해보세요. 여러분의 삶도 더욱 능동적이 될 것이며, 이것이 독서의 진정한 목적지입니다.

축적과 변화를 만들다: 정서재행 독서

독서삼독讀書三讀: 독서란 텍스트를 읽고,

필자를 읽고, 나 자신을 읽는 것이다.

– 신영복

이제 독서의 네 번째 면입니다. 주사위의 숫자가 늘어나듯, 여러분이 독서를 바라보는 시야도 넓어졌으면 합니다.

스키마 독서법이 다양한 사람을 만나며 인맥을 넓히는 독서라고 한다면 정서재행正書再行 독서법은 나와 성향도 맞고 꼭 필요한 사람, 내가 원했던 사람을 만나 진지하게 연애하는 책 읽기입니다.

첫 번째 정正은 책을 올바로 보는 것입니다. 다시 말해 나만의 기준으로 자유롭게 읽는 능독能讀을 말합니다. 자기 기준으로 능동적으로 읽는 독서가 정답이니까요. 그 책이 어떤 책인지에 따라

(분야), 그 작가가 무엇을 말하고자 하느냐에 따라(주장), 내가 그 책을 읽게 된 이유에 따라(목적) 그 책을 보는 방법은 달라져야겠지요. 방법은 책을 읽는 나의 기준에 의해 달라지는 겁니다.

두 번째 서書는 '쓰는 것'을 말합니다. 독서에서 쓰기의 중요성은 정말 대단합니다. 극단적으로 말해서 오직 기록한 것만 기억됩니다. 내가 적은 만큼 성장합니다.

책을 읽기도 바쁜데 손으로 적으며 읽는 것이 무척이나 비효율적으로 느껴질 수 있지만, 그것은 마치 이미 사랑하는 사람을 만났음에도, 그를 두고 더 많은 사람을 만나봐야 하는 것이 아니냐는 통념이나 다름없습니다. 책을 빨리 많이 보는 이유는 나를 일깨워줄 나에게 꼭 맞는 책을 만나기 위해서이지 빨리 보는 자체가 목적은 아니지요. 그런 책을 만났다면 그 책을 제대로 사랑할 줄 알아야 합니다.

한 사람을 제대로 사랑할 줄 아는 사람이 그와 이별한 뒤에도 새로운 사람과 온전히 사랑할 줄 알듯이 한 권의 책을 내 것으로 만들고 그 책을 통해 나만의 생각을 정립한 사람만이 또 다른 책을 자신의 것으로 만들 수 있습니다. 책을 읽으며 쓰는 것은 책과 연애하는 가장 좋은 방법입니다.

세 번째 재再는 재독을 말합니다. 다시 읽는 것이지요. 다양한 사람을 만나는 즐거움과 설렘도 있지만, 사랑하는 사람을 만나 깊은 교감을 나누는 것과는 비할 수 없으리라고 생각합니다. 다시 만나지 않고 그 사람을 평생 그리워만 하는 사랑은 진정한 사랑이라 할 수 없겠지요. 사랑한다면 다시 만나야지요. 거창하게 사랑까지는 아니더라도 좋은 사람을 알게 되면 한 번 본 걸로 충분하지 않잖아요. 좋은 책도 반드시 다시 만나야 합니다. 한 번 만나서는 그 책의 가치를 다 알기 어렵기 때문입니다.

마지막으로 행行은 실행을 말합니다. 아무리 많은 책을 읽었다 하더라도 내가 읽은 것이 머리에만 있을 뿐 그것이 삶을 관통해 행동으로 이어지지 않는다면 아무런 의미가 없습니다. 오직 실천한 지식만이 온전한 지식입니다. 해보지도 않은 것을 머리로만 안다고 해서 그것이 내 것이라고 착각해서는 안 됩니다. 진정한 나의 지식이 되려면 반드시 단 한 번이라도 그것을 실천해봐야 합니다.

독서의 끝은 책장을 덮는 것이 아니라 오늘이라는 내 인생의 한 페이지를 다시 펼치는 것입니다. 책을 덮고 내 삶의 페이지를 열 수 있을 때 의미가 생기기 때문입니다. 뜨겁게 연애할 수 있는 책을 만나는 것이 독서의 꽃이라면, 그 책을 통해 내 삶이 변화되고 성장하는 것은 독서의 열매입니다. 그 하나의 열매를 맺기 위해서 그토록 많은 책을 읽고 생각하고 쓰고, 또다시 읽기를 반복하는 것입니다.

정正 : 자신만의 기준으로 바르게 읽다

많은 사람이 책을 읽는 가장 좋은 방법이 정독精讀이라고 생각합니다. 하지만 정독이 꼭 정답이라고는 말할 수 없죠. 인생과 마찬가지로 독서법에도 정답은 없으니까요. 책에 따라, 나의 생각이나 필요에 따라, 상황에 따라 다양한 독법이 있을 뿐이죠.

우리가 공교육을 통해 배우는 독서법은 마치 대중교통과 비슷해요. 여러 사람이 함께 이동해야 하기 때문에 내 마음대로 원하는 장소까지 이동할 수가 없고, 정해진 이 장소와 저 장소 사이를 다 같이 이동하죠. 모두에게 필요한 최소한의 소양만큼 배우는 것입니다.

그런데 혼자 독서를 하는 건 자가용을 몰고 이동하는 것과 같습니다. 골목길에서는 천천히 몰았다가 고속도로를 달릴 때는 신나게 속도를 내야 하죠. 내가 스포츠카를 운전한다고 해서 골목길에서 시속 200킬로미터로 달려야 하나요? 반대로 고속도로를 타고 멀리 가야 하는데 시속 20킬로미터로 달리는 것도 안 될 일이죠. 상황에 따라 전혀 다른 선택을 하는 게 당연할 거예요.

독서도 마찬가지입니다. 책에 따라 속독速讀해야 경우도 있고, 숙독熟讀해야 하는 경우도 있죠. 나의 필요에 따라 관점을 가지고 관독觀讀할 수도 있고, 그런 관점을 이어가며 여러 책을 계독系讀할 수도 있어요. 소리를 내어서 낭독朗讀할 수도 있고, 조용히 묵독默讀할 수도 있습니다. 책을 읽으면서 손으로 옮겨 적는 필독筆

讀도 있고, 머리로 이해하는 것을 넘어 가슴으로 깊이 공감하고 공명하는 심독心讀도 있고요. 좀 더 능동적으로 자신에게 필요한 것을 빼거나 더하며 읽을 수 있는 능독能讀, 읽은 책을 다시 읽는 재독再讀도 있습니다. 이 책 저 책 가리지 않고 다양하게 읽어 들이는 남독濫讀도 있지요.

- 숙독: 깊이 생각하며 읽는 독서
- 낭독: 소리 내어 읽는 독서
- 남독: 여러 책을 다양하게 읽는 독서
- 관독: 관점을 가지고 읽는 독서
- 계독: 한 분야를 이어서 읽는 독서

이렇게 다양한 방법을 독서하면서 직접 체험해보고, 상황과 필요에 맞게 적절하게 활용해서 쓰는 게 가장 현명한 독서법이에요.

독서는 그저 눈으로 책에 있는 글자를 끝까지 다 읽었다고 해서 끝나는 것이 아니죠. 그런 피상적인 독서는 큰 의미가 없습니다. 책을 읽는 이유가 뭔가요? 내가 모르던 지식을 알고, 내가 몰랐던 이야기를 알고, 내가 몰랐던 세상을 알기 위해서잖아요.

그렇다면 나의 삶에 연결되는 지식을 적극적으로 발굴해내야지요. 이미 내가 알고 있던 지식 위에 책을 읽으며 새롭게 알게 된 지식이 결합하면서 나만의 사고방정식이 도출되는 과정이 필요해요. 그런 과정을 통해 나만의 의미를 발견해낼 수 있기 때문입니다. 일부 사람들이 특정 방법을 좋게 평했다 해서 나에게도 적합하리란 법이 없고, 반대로 내가 좋았다고 해서 다른 사람에게도 잘 맞는다는 보장이 없단 사실을 깨닫게 돼요.

책에 따라서도 읽는 방법은 달라져야 합니다. 책을 선택하는 기준도 나에게 맞게 바꾸어야 하죠. 앞에서 빨리 읽는 이유는 나에게 더 잘 맞는 책, 나에게 꼭 필요한 책을 발견하기 위해서라고 말씀드렸어요. 그런 책을 찾았다면 이제 본격적인 연애를 해야겠지요?

그 책 앞에서는 '책을 한 번 읽었다'라는 사실 자체는 의미가 없어집니다. 정서재행 독서법에서 말하는 정正, 바르게 읽는다는 것은 책과 본격적으로 사귀는 단계예요.

어릴 때 제가 가장 먼저 사랑에 빠진 책은 『셜록 홈즈』와 『괴도 루팡』이었습니다. 「세계 명작 소설」 같은 책은 그 당시엔 읽어도 무슨 말인지도 모르겠고 참 재미가 없었어요. 그런데 우연히 읽게 된 『셜록 홈즈』는 그야말로 숨 막히게 빠져드는 스토리 전개와 반전, 긴박감을 느끼며 정신없이 빠져들었던 기억이 납니다.

그다음으로 깊이 빠졌던 책은 『삼국지』였어요. 중학생 때 할아버지 댁에 놀러 갔다가 『삼국지』를 처음 보게 되었어요. 저의 책 멘토였던 막내삼촌이 워낙 재미있게 이야기해주셨고, 아버지까지 거드셨죠. 이미 알고 있던 이야기도 제법 있었지만, 제대로 본 적이 없었기에 설레는 마음으로 읽었습니다.

제가 처음 읽은『삼국지』는 벽돌색의 브리태니커 사전처럼 생긴 세 권짜리 커다란 책이었는데요, 처음에는 재미가 없어서 읽지 못하다 제갈량이 나오는 장면부터는 몰입하기 시작했어요. 등굣길에 버스를 타고 가면서도 그 큰 책을 가방에서 꺼내어 10분 동안 보고, 학교 가서도 수업 시작하기 전까지 봤던 기억이 나네요.

재미있는 건 그 책은 일본 책처럼 오른쪽에서 왼쪽으로 읽는 형태였거든요. 게다가 한문까지 곁들여져 있는 세로줄이 한 페이지에 3단으로 편집된 구성이었어요. 친구들은 외형만 보고도 경악을 금치 못했죠. 정말 읽기 싫다고. 하지만 당시에 처음『삼국지』를 읽었던 저로서는 정말 재미있고, 원래 차멀미가 심한 사람인데도 이 책을 읽는 몇 주 동안 버스에서도 자동차에서도 멀미를 하지 않는 경험을 했어요.

이후 대학에 진학을 했을 때, 첫 직장에 갔을 때, 군대에 갔을 때『삼국지』는 다른 책으로 몇 번이나 다시 읽는 소설이 되었지요.

유비의 삼고초려 장면이나 장판교에 홀로 서서 수십만 조조군의 간담을 서늘하게 했던 장비의 늠름한 모습, 적벽대전에서 제갈량이 보여준 놀라운 책략들. 마치 하나하나가 드라마처럼 각인되었습니다.

저의 이런 경험들은 책을 좋아하고 몰입하게 해주었어요. 몰입해 읽는다는 게 어떤 느낌인지도 알게 해주었고요. 비단 소설만 해당되는 건 아닐 거예요. 대학 시절 경영학과생이었던 저는 마케팅, 소비자 심리와 관련된 과목을 좋아했거든요. 여러 수업이 있었지만, 그중에서도 다양한 사례를 중심으로 유독 재미있게 강의해주시던 교수님이 계셨지요. 그 교수님께서 강의 중에 지나가는 말로 책 한 권을 소개해주셨는데, 잭 트라우트의『튀지 말고 차별화하라』(더난출판사, 2000)라는 제목의 책이었습니다. 정말 재미있었어요. 수많은 기업의 사례들과 마케팅 원리를 설명해주었는데, 그 책을 읽고 잭 트라우트라는 작가에 꽂혀서 시중에 나와 있는 그의 책은 모두 사서 읽었지요. 알 리스와 공저한『포지셔닝』(을유문화사, 2006),『마케팅 불변의 법칙』(비즈니스맵, 2008)은 지금까지도 가끔 다시 읽어보는 책입니다. 그런 책들을 다 읽고 나니 마케팅 수업이 시시하다는 느낌마저 받았어요. 책을 읽으며 스스로 지식을 확장해나간 첫 경험이었지요. 이후에는 톰 피터스에 반해서『와우 프로젝트』(21세기북스, 2011)와『리틀 빅 씽』(더난출판사, 2010) 같은 책을 읽기도 했고요. 세계에서 가장 영향력 있는 구루들이 알려주는 이야기들을 책으로 읽을 수 있는 게 얼마나 값진 일인지 몸소 느꼈던 시절이었습니다.

저는 운 좋게 좋은 책을 만났고, 그런 책들과 연애하면서 독서의 기쁨을 누렸습니다. 자신의 기준이란 어쩌면 삶에서 마주치는 수많은 우연에서 발견되는 게 아닐까요? 바르게 읽는다는 것은 그런 우연 속에서 자신이 가야 할 길을 스스로 선택하는 독서입니다. 오직 내가 선택한 인생의 길만이 내 삶의 정답正答이듯, 스스로 성장해나갈 길을 만들어가는 독서가 정독正讀입니다.

서書 : 오직 기록한 것만 기억된다

> "독서에는 세 가지가 있다. 입으로 읽고, 눈으로 읽고, 손으로 읽는 독서다. 그중에서 가장 중요한 것은 손으로 읽는 독서다."

다산 정약용 선생의 말입니다. 책은 눈으로만 읽는 것이 아니라 손으로도 읽습니다. 손으로 읽은 책이 훨씬 더 오래 기억에 남죠. 쓴 것을 더 잘 기억할 수밖에 없는 이유는 단순히 다시 볼 수 있기 때문만은 아닙니다. 우리가 손을 쓰게 되면 눈으로만 인식할 때와는 전혀 다른 감각이 활성화됩니다. 우리의 뇌에는 기억을 저장하는 곳이 여러 군데 있거든요. 그냥 눈으로 읽을 때와 나에게 의미 있는 문장들을 옮겨 적고 느낀 점을 적어두면서 읽는 것은 전혀 다르게 저장되지요. 기억에도 오래 남을 뿐만 아니라, 나중에 다시 볼 때 훨씬 빨리 처음 읽었을 때의 기억들을 불러낼 수 있게 됩니다. 책을 읽으며 쓰는 방법에는 크게 세 가지가 있습니다.

적록摘錄

　적록은 책을 읽으며 필요한 정보나 참고할 사항을 간단히 적는 것을 말합니다. 순우리말로는 적바림, 일반적으로 메모라고 부르는 것이지요. 따로 노트에 적어두어도 좋지만, 역시 책에 바로 적는 것을 권합니다. 책을 읽으며 떠오른 생각은 책에 적어두어야 나중에 다시 봐도 그 느낌을 불러올 수 있거든요.

　다시 보고 싶은 페이지는 위쪽을 접어두고, 깊은 울림이 있거나 유용한 글을 만났을 때는 아래쪽을 접어서 표시해둡니다. 그러면 다시 읽을 때 위쪽을 잡고 쭉 넘기며 책을 한번 볼 수도 있고요, 바로 아래쪽 모서리만 엄지로 잡고 넘기며 필요한 페이지를 찾기도 합니다. 이처럼 적록은 책을 읽는 나만의 방식을 체계적으로 확립하는 약속과도 같아요.

　책에 밑줄을 그을 때도 여러 가지 방법이 있어요. 일반 단행본은 책 본문의 종이 재질이 형광펜으로 줄을 그으면 뒷면에 비치는 경우가 많거든요. 그래서 형광펜보다는 색연필을 활용합니다.

　마음에 드는 문장은 발견 즉시 초록색 색연필로 밑줄을 긋고, 그중에서도 유독 더 중요한 문장은 주황색이나 빨간색 색연필로 한 번 더 표시해주죠. 이렇게 해두면 나중에 다시 볼 때 훨씬 더 빨리 읽을 수 있고, 후에 노트에 옮겨 적을 때도 편리합니다.

　반면, 컬러가 많이 들어간 책의 본문은 보통 코팅된 종이 재질로 되어 있는데, 이런 질감의 종이는 색연필로는 줄이 잘 그어지지 않아요. 그럴 땐 형광펜으로 표시하는 게 훨씬 보기 좋아요.

간단하게 책에 내 생각을 적어둘 때도 보통은 검은색 필기구를 사용하는데, 특별히 나에게 의미 있는 생각 혹은 작가의 생각과 내 생각이 다를 때는 파란색으로 메모해서 한눈에 알아볼 수 있도록 하고요.

해당 문장이 인용문이고 출처가 책 마지막에 참고 문헌으로 정리돼 있는 경우에는 인용문 옆에 해당 도서명이나 작가명을 함께 기록해두기도 합니다.

학창 시절에 공부 잘하는 친구들을 보면 책에 메모하거나 중요한 것을 가려내어 표시하는 것도 능숙한 편인데요, 독서도 마찬가지입니다. 중요한 책일수록 참고할 부분이 많고, 다양한 정보와 생각으로 나를 이끌어주는데, 아무런 표시도 없이 그냥 덮어버리는 것은 상당한 시간 낭비지요.

과감히 표시해두세요. 책에 메모하고, 기록하는 것을 망설일 필요는 전혀 없어요. 그런 만남이 진짜이고, 기록할 것이 많은 책이 두고두고 볼 책이기 때문이죠. 요즘은 중고 책 매매도 활성화되었다 보니 책을 다시 팔려고 깨끗하게 보는 경우도 있는데요, 처음 읽을 때는 아주 빨리 아무런 메모 없이 보는 것도 방법이에요. 하지만 저는 한 문장이라도 나에게 의미가 있다면 이미 그 책은 책값 이상의 가치가 있다고 느끼기 때문에 책에 나만의 표시를 하는 것을 망설이지 않는 편입니다.

사실 처음에는 책에 무언가를 쓰는 것이 무척 어색했어요. 막연한 저항감이 있었습니다. 하지만 책에 나만의 생각을 쓰고, 흔적을 남기다 보면, 그냥 읽을 때와는 전혀 다른 차원의 통찰을 얻을 수 있습니다. 당장 이 책부터 시작해보세요. 읽으면서 자신의 생각과 상충되는 부분이 있거나 적용할 부분이 있다면 메모해보세요. 다음은 적록법의 예시입니다.

나만의 적록법

① 좋은 구절은 초록 색연필로 줄을 긋는다.

② 다시 읽고 싶은 구절이 있으면 상단 모서리를 접는다.

③ 큰 울림을 준 구절이 있으면 하단 모서리를 접는다.

④ 특별히 좋은 구절은 빨간 색연필로 줄을 긋는다.

⑤ 특별한 키워드에는 동그라미를 친다.

⑥ 글을 읽다가 떠오른 생각은 파란 펜으로 적는다.

⑦ 당장 적용해야 하거나 중요한 내용은 빨간 펜으로 적는다.

다음 빈칸을 채워 나만의 적록법을 만들어보세요.

_____의 적록법

① 좋은 구절은 _____로 줄을 긋는다.

② 다시 읽고 싶은 구절이 있는 페이지는 _____

③ 큰 울림을 준 구절이 포함된 페이지는 _____

④ 특별히 좋은 구절은 _____로 줄을 긋는다.

⑤ 특별한 키워드에는 _____ 표시한다.

⑥ 글을 읽다가 떠오른 생각은 _____ 적는다.

⑦ 당장 적용해야 하거나 중요한 내용은 _____ 적는다.

⑧ _____

⑨ _____

⑩ _____

초서抄書

초서란 책에서 일부 문장을 가려내 옮겨 적는 것을 말합니다. 이 방법은 아주 다양한 상황에서 활용되는 독서법입니다. 가령 서점이나 도서관에서 책을 잠시 읽을 때 마음에 들거나 필요한 부분을 옮겨 적습니다. 만약 이미 구입한 책을 읽는다면 예전에 표시해둔 곳을 다시 보며 초서하게 되지요. 단순히 옮겨 적기만 하면 되는 듯하지만 나름대로 단계가 있습니다.

초서는 3단계로 이루어집니다.

1단계는 우선 나에게 의미 있는 문장을 그대로 옮겨 적는 것이지요. 그런 문장은 자체로 의미가 있기 때문에 굳이 문장을 건드리지 않고, 그대로 베껴 씁니다. 그렇게 쓰다 보면 내 생각이나 의견이 떠오르기도 해요. 그럴 때는 마치 대화를 나누듯 나의 생각을 적어보는데요, 그것이 2단계입니다. 사실 2단계가 정말 중요하죠. 책에서 읽은 여러 문장은 마치 하나의 음식 재료 같은 거예요. 어떤 재료로 무엇을 만드는지 아는 것도 중요하지만, 그것을 섞어서 내가 어떤 요리를 만드느냐가 더 중요하잖아요.

요즘은 자신을 표현하는 것이 중요한 시대이다 보니 글을 쓰는 것도 중요한 능력이 되었는데요, 좋은 글을 쓰려면 반드시 좋은 글을 많이 읽어야 합니다. 좋은 글을 읽기만 해서는 안 되고, 그것이 내 것이 되도록 나의 생각과 의견을 거침없이 적어보며 책과 대화를 나눌 수 있어야 하죠.

일방적으로 상대방이 하는 이야기만 몇 시간 동안 듣는 건 지루하잖아요. 하지만 상대의 이야기를 듣고 '아, 당신 생각은 정말 멋지군요. 당신 이야기를 들으니 나는 이런 생각이 드네요!'라며 내 생각을 적어보는 거예요. 그렇게 대화를 나누면서 읽은 책은 훨씬 기억에도 오래 남지만, 작가가 무슨 이야기를 하는지 그리고 나는 그의 글을 읽고 어떤 생각을 하게 되었는지 좀 더 분명하게 머릿속에 정리되는 것을 알 수 있어요.

마지막으로 초서 3단계는 책을 읽으면서 의미 있는 문장이나 내 생각은 물론이고, 그와 관련해서 같이 읽어보고 싶은 책이나 떠오르는 작가, 관련 기사 등 기존에 내가 알고 있던 정보들과 유기적으로 결합하는 경험을 기록하는 것입니다. 어느 정도 독서량이 늘어났을 때부터 가능한 과정입니다. 2단계 초서가 서로 가볍게 대화하는 느낌이라면, 3단계 초서는 서로 회의를 하는 느낌이랄까요?

　최근에 한 독서 모임에서 『미라클 모닝』이라는 책을 주제 도서로 잡고 함께 읽은 적이 있습니다. 이 책을 읽으면서 저는 아침에 일찍 일어나겠다는 결심도 중요하지만, 결국은 매일 반복되는 습관이 중요하다는 것을 느끼게 되었고, 자연스럽게 이전에 읽었던 『습관의 힘』(찰스 두히그, 갤리온, 2012)이나 『습관의 재발견』(스티븐 기즈, 비즈니스북스, 2014) 같은 책이 떠올랐습니다. 또 아침에 일찍 일어나려면 수면 습관 자체를 개선해야 하기에 『3시간 수면법』(후지모도 겐고, 백만문화사, 2017)과 『스탠퍼드식 최고의 수면법』(니시노 세이지, 북라이프, 2017) 같은 책도 떠올랐죠.

　그 책들에서 읽은 내용들을 생각하며 적어봅니다.

　　　아침에 일찍 일어나는 것은 나의 삶을 더 능동적으로
　　　만들어가기 위한 가장 훌륭한 장치다. 그러기 위해서는

수면 습관을 개선해야 한다. 수면 습관을 개선하려면 내 수면 패턴과 수면을 방해하는 요소들을 파악하여 그 습관이 형성된 이유를 찾아야 한다. 먼저 늦게 자는 이유를 찾아서 그것을 제거하고 뇌에 저항 없이 작은 변화로 점차 더 좋은 습관으로 구축할 방법을 찾아야 한다. 그 방법은 무엇일까?

이렇게 여러 책에 있는 내용을 같이 연결해서 논리적인 맥락을 만들고 하나의 더 좋은 결론을 위한 질문을 던져보는 거죠. 이런 질문을 바탕으로 해서 두 달간 위에 언급했던 책을 순차적으로 공부하며 『미라클 모닝』 프로젝트를 진행하기도 했습니다.

이런 식으로 내가 이미 알고 있는 지식과 지금 읽고 있는 책에서 알게 된 새로운 지식이 결합하면서 또 다른 결론에 도달하는 것, 이것이 제가 말하는 '사고방정식'입니다. 책을 읽으면서 나만의 사고방정식을 하나씩 구축해나가다 보면 단편적으로 알고 있던 사실들을 좀 더 입체적인 관점에서 볼 수 있게 되죠.

이게 초서의 위력입니다. 그냥 책을 읽기만 하고 아무것도 쓰지 않으면, 머릿속으로 수없이 스쳐 지나가는 생각들을 다 붙잡아두지 못해서 결국엔 다 잊어버리고 말거든요. 하지만 이렇게 하나씩 내 생각을 함께 적고 거기에서 파생되는 다른 지식들을 결합하면 나만의 새로운 결론이 나오면서 하나의 통찰을 얻을 수 있어요.

이런 과정에서 느낄 수 있는 지적인 쾌감은 상당합니다. 누군 가가 내가 아직 읽지 않은 다른 책에 이미 적어놓은 이야기일 수 도 있지만, 적어도 나 스스로 읽고 생각해서 새로운 결론을 도출 했다는 것만으로도 엄청난 의미가 있습니다.

필사筆寫

한두 문장만으로 그 내용을 다 담지 못할 때는 해당 장을 통째 로 적어두기도 하는데요, 그렇게 통으로 베껴 쓰는 것을 필사라 고 합니다. 필사는 가장 느린 독서법이지요. 한 권을 통으로 필사 하려면 정말 많은 시간이 걸리거든요. 하지만 필사를 하는 이유는 그런 느린 독서로 내가 눈으로 읽었을 때 보지 못했던 의미를 찾 을 수 있기 때문입니다.

필사를 하면 작가가 자신의 생각을 글로 옮겨 적을 때의 속도 와 비슷한 속도로 글을 읽게 돼요. 그래서 그 문장 자체에는 드러 나지 않았던 작가의 생각이나 마음을 조금 더 깊이 느낄 수 있습 니다.

그래서 필사는 아무 책이나 해서는 의미가 없습니다. 이미 읽 은 책 중에서 여러 번 다시 읽어도 좋을 것 같은 책을 필사하면 후 회가 없을 겁니다. 많이 하기보다는 꾸준히 하는 것을 권합니다. 추천받은 책도 좋지만, 스스로 더 깊이 공부하고 싶은 책을 골라 필사하는 편이 좋습니다. 이때, 누군가에게 보여준다는 생각으로 너무 글씨를 잘 쓰려고 하면 본래 목적을 잊기 쉬우니 예쁘게 쓰기보다는 반듯하게 쓴다는 느낌으로 하면 좋아요.

꼭꼭 씹어서 먹어야 하는 문장들을 한 줄 한 줄 적어가다 보면 많은 것을 생각하게 됩니다. 저는 아침 일찍 사무실에 와서 스마트폰이나 컴퓨터를 보기 전에 5분 정도 명상을 하고, 10분 정도 낭독하고, 책 1쪽 정도를 필사하는데요, 책 한 페이지가 짧아 보여도 직접 손으로 적으면 15분 정도 걸립니다. 이렇게 30분 정도 명상과 낭독, 필사로 하루를 시작한 날은 시간이 훨씬 더 천천히 가는 것처럼 느껴지고 하루의 밀도가 높아지는 효과가 있어요.

그렇다고 억지로 필사할 필요는 없습니다. 연애한다고 다 결혼해야 하는 건 아니잖아요. 다만 이 사람이다 싶을 때는 같이 살아보고 싶기도 하듯이, 깊이 사귀어보고 싶은 책을 만났을 때 필사하면 됩니다.

가벼운 만남에는 가벼운 즐거움이 있고, 진지한 만남에는 진한 감동과 깊은 여운이 있거든요. 그 느낌이 궁금하다면, 언젠가 좋은 책을 만나 필사에 도전해보세요.

천재들의 노트법

필사와 초서, 적록을 하면서 단순히 읽는 것을 넘어서 적는 것이 얼마나 강력한지 많이 느끼게 되었습니다. 그러던 어느 날 다른 사람들의 노트법이 궁금해졌어요. 그런 궁금증을 가지고 노트법에 대한 책들을 읽어나가다 보니 천재들은 저마다의 노트법을 가지고 있다는 사실을 알게 되었습니다.

먼저 제가 가장 좋아하는 인물 중 한 명인 레오나르도 다빈치의 노트입니다. 다빈치는 끊임없는 호기심을 가지고 질문을 던졌던 것으로 유명한 인물이죠.

다빈치가 남긴 거의 1만 장에 육박하는 노트와 메모는 그의 제자였던 부유한 젊은 귀족 프란체스코 멜치에 의해 한동안은 잘 보존되었는데요, 애석하게도 멜치가 사망한 후 아버지의 뜻을 이해하지 못했던 그의 아들 오라치오의 손에 맡겨지면서 절반 이상이 유럽 전역에 흩어지거나 유실되어버리고 말았습니다. 만약 다빈치의 노트가 모두 남아 있다면 그의 놀라운 상상력과 기록들을 통해 위대한 천재의 진면목을 조금 더 알 수 있었을 거예요.

그는 다양한 관심사를 한 권의 노트에 순서 없이 기록했다고 하죠. 그의 노트가 가장 특별한 점은 메모할 때 충분한 여백을 확보하고 적었다는 사실인데요, 나중에 이어서 쓸 수 있도록 미리 안배한 것이라고 합니다. 제가 다빈치를 좋아하는 이유는 새로운 개념을 기존에 알고 있던 지식에 연결하는 데 능했기 때문입니다. 그의 노트법과 생각법을 보면서 지식이 어떻게 확장되어가는지 통찰도 얻었습니다.

다음은 서양 철학에서 그 이름을 빼놓고는 설명할 수 없는 이마누엘 칸트의 노트입니다.

칸트의 노트는 노규식 공부두뇌연구원의 〈세상을 바꾸는 시간, 15분〉 강의를 통해 알게 되었습니다. 칸트는 그의 철두철미한 성격처럼 노트 역시 매우 상세하게 정리했다고 알려져 있습니다. 특히 다빈치와 마찬가지로 나중에 자신의 생각을 추가로 적기 위한 공간을 충분히 마련해두었는데요, 아예 백색 간지를 사이에 넣어서 제본한 것은 물론이고, 행 사이와 좌우 여백도 넓게 두었다고 합니다.

역시 노트란 그저 기존에 있는 사실을 적는 데에 국한되는 것이 아니라, 그것을 새로운 개념이나 아이디어와 연결하고 새로운 결론을 창출해내는 도구로 사용될 때 더욱 가치 있다는 사실을 확인할 수 있습니다.

다음은 뉴턴의 노트입니다. 뉴턴은 총 세 개의 노트로 자신의 생각을 정리했다고 전해집니다.

우선 '독서 노트'에는 책을 읽으며 알게 된 정보와 이해가 잘 안 되거나 모순된다고 느낀 내용을 적었습니다. 또 '실험 설계 노트'를 만들어 다양한 문제를 분석하고 새로운 가설을 세워 이를 증명하는 실험을 고안한 내용을 적었습니다. 그 실험을 자신만의 해법으로 구체적으로 풀어서 정리하는 건 '연구 노트'에 따로 정리했다고 합니다. 다빈치나 칸트와 달리 노트를 구분해서 작성한 것이 특징입니다.

　마지막으로 아인슈타인의 노트입니다. 아인슈타인은 모눈노트를 즐겨 썼다고 합니다. 실제로 모눈노트는 매킨지에서 컨설턴트들이 사용하는 노트로도 유명하죠. 그래프를 그리거나 도안을 그릴 때 자가 없어도 모눈을 활용하여 그리기가 좋기 때문입니다.
　아인슈타인은 노트 하나만으로도 그 자체가 하나의 연구실이 되어 자신만의 '생각실험'을 펼쳐나갈 수 있었습니다. 그의 종이 위의 가장 작은 연구실에서 이루어진 생각들을 통해 뉴턴 이후 400년간 유지됐던 패러다임을 완전히 바꾼 성과를 만들어냈습니다.

　이들이 천재이기 때문에 노트를 잘 사용한 것이 아니라, 노트를 잘 사용했기 때문에 세상을 깜짝 놀라게 할 천재성을 발휘할 수 있었습니다. 이것은 그냥 '아 그렇구나'라고 생각하고 넘어가서는 안 되는 부분입니다. 노트는 독서와 별개의 행위가 아니라, 능동적인 독서 행위 그 자체이기 때문이죠. 책을 읽으며 노트를 하느냐 하지 않느냐가 그 사람의 독서 수준을 말해주는 기준이라고 봐도 무방할 정도로 쓰기의 힘은 정말 대단합니다.

재再 : 책은 다시 보기 위해 사는 것이다

앙리 드 몽테를랑은 "생애에서 몇 번이고 되풀이해 읽을 수 있는 한 권의 책을 가진 사람은 행복한 사람이다. 더욱이 여러 권의 책을 가진 사람은 행복을 다한 사람이다"라고 말했습니다. '몇 번이고 되풀이해 읽는' 것, 즉 재독은 독서의 깊이를 말해주는 척도입니다.

일찍이 아리스토텔레스도 말했습니다.

우리가 반복적으로 하는 행동이 바로 우리 자신이다.
그러므로 탁월함은 행위가 아니라 습관에서 비롯된다.

이처럼 반복은 우리 뇌가 가장 강력하게 받아들이는 언어임을 기억할 필요가 있습니다. 독서 천재들은 책을 한 번 읽고 모든 이치를 다 꿰뚫어 보고 이해했을까요? 아닐 겁니다. 그들은 누구보다 더 자기에게 영감을 주는 책을 반복해 읽었을 것입니다. 깊이는 반복에서 만들어지기 때문입니다.

세종의 독서법은 백독백습百讀百習이었다고 전해집니다. 책이 닳아 해질 때까지 읽었다고 해요. 세종대왕이 세자였던 시절 너무 책 읽기에 몰두한 나머지 병에 걸려서도 독서를 멈추지 않자, 건강을 해칠까 염려했던 태종이 책을 모두 압수하였는데, 그때 병풍 뒤에 『구소수간歐蘇手簡』이라는 책 한 권이 떨어져 있어 그 책만

몰래 감춰두고 100번 이상 읽었다고 합니다.

간혹 백독백습을 말 그대로 이해해서 모든 책을 100번씩 읽고 썼다고 생각하는 분들도 계시던데요, 몇 번을 다시 읽었는지는 그리 중요하지 않습니다. 자신이 원하는 만큼 다시 읽는 것이 중요해요. 세종은 다독가로서 당대 어떤 학자와 비교해도 학문의 성취가 모자람이 없었지요.

서거정의 『필원잡기』에는 다음과 같이 설명하고 있습니다.

> 어떤 경전을 막론하고 능통했으며, 하루 동안 열람한
> 책이 수십 권에 이른다.

하루에도 수십 권의 책을 열람했다는 표현에서 그가 얼마나 다독을 했는지 엿볼 수 있습니다. 또 『세종실록』 16년 12월 11일에는 "내 일찍이 여러 책을 읽어 의문이 거의 남아 있지 않다고 생각해왔는데, 이 책을 읽어보니 궁금한 점이 한두 가지가 아니구나. 이러니 학문이란 참으로 무궁하다 할밖에"라며 자신의 학문적 성취를 반성하는 대목이 나옵니다. 그가 얼마나 집요한 독서가였는지 알 수 있는 글입니다.

세종대왕뿐만 아니라 우리 선조들은 좋은 책을 다시 읽는 것을 무척이나 중요하게 생각하여 책을 몇 번이나 읽었는지 셀 수 있는 '서산'이라는 물건도 가지고 다녔습니다. 서산이란 글을 읽

은 횟수를 세는 데 쓰는 물건이었는데요, 봉투처럼 만들어 곁에 홈을 내어서 접을 수 있도록 했고, 안과 밖의 색을 달리해 접힌 부분이 쉽게 눈에 띄게 한 물건입니다. 황문시랑 동우가 말한 "책을 100번 읽으면 그 의미를 스스로 깨치게 된다讀書百篇 義自現"라는 말을 믿고 실천했던 것이지요.

책을 다시 읽는다는 것은 언뜻 생각하면 비효율적인 독서처럼 느껴집니다. 그러나 실제로는 재독만큼 효율적인 독서 방법은 없습니다. 재독뿐만 아니라 낭독, 필사, 초서처럼 느린 독서가 훨씬 효율적이라는 사실을 기억할 필요가 있습니다. 우리 선조들은 책을 늘 큰 소리로 낭독하며 머리로만 이해하지 않고 그 뜻을 눈으로 보고, 입으로 말하고, 귀로 들으며 온몸으로 내용을 체득하고자 했습니다. 중요한 것은 글의 뜻을 온전히 이해하고 내 것으로 만드는 것이니까요.

사랑하는 사람과 바라만 보면 그게 사랑일까요? 정말 사랑한다면 그냥 바라만 보기 어려울 것입니다. 서로 이야기하고, 손잡고 산책도 하고, 때론 말이 아닌 몸으로 사랑을 확인하는 경우도 있듯이 독서도 눈으로 보기만 해서는 충분하지 않아요. 좋은 책일수록 다시 보고 그 책을 깊이 이해하기 위해 다양한 방법을 총동원하여 내 것으로 만드는 노력이 병행되어야 해요.

물론 폭넓은 스키마와 안목이 쌓여서 작가가 알고 있는 사고의 그릇보다 내 생각의 그릇이 더 커지면, 한 번 보고도 내용을 쉽게 이해하는 경우도 있습니다만, 그런 경우조차도 그 작가만의 시각에서 새롭게 정의된 다양한 생각이 있기 때문에 전부 다 안다고 말하기 어렵습니다.

"오직 진지한 독서는 다시 읽는 것이다"라고 한 프랑스 작가 롤랑 바르트의 말처럼 진정한 독서는 책과 다시 만나 함께 생각을 나누고 대화할 때 비로소 시작됩니다. 사람도 다시 만나면 전혀 몰랐던 새로운 점을 많이 발견하게 되는 것처럼 독서 역시 다시 읽을 때 더 많은 것을 얻을 수 있습니다. 좋은 책일수록 다시 읽어야 하는 것이지요.

많은 분이 책을 구입하고 한 번만 읽고 다시는 읽지 않는 경우가 많은데요, 그럴 거라면 굳이 사야 할 필요가 있을까요?

반복해 말씀드리지만 책은 다시 읽기 위해서 사는 것입니다.

좋았던 책일수록 필요할 때마다 다시 그 책을 펼쳐보세요. 그곳에 내가 접어놓은 페이지들을 읽어보고, 줄 그어놓은 문장들을 다시 만나보세요. 아마 또 읽어도 마음에 다가올 거예요. 어제 만난 연인을 오늘 만나도 사랑스러운 것처럼 말이지요.

행行 : 어떻게 행동할 것인가?

사람들이 흔히 지식을 중요하게 생각하지만, 제가 볼 때 지식보다 더 중요한 것은 상식입니다. 무언가를 새롭게 알았다고 해도 그 지식이 내 안에서 충분히 설득되지 못한 채 그저 '알고만' 있는 경우 그것은 죽은 지식이에요.

반면에 어떤 글을 읽거나 이야기를 들었을 때 무언가 깨우침을 얻어 내 생각이나 태도가 변하게 되는 경우가 있지요. 그때가 바로 지식이 상식으로 변하는 지점이라고 생각합니다. 마르틴 루터도 말했습니다. "모든 위대한 책은 그 자체가 하나의 행동이며, 모든 위대한 행동은 그 자체가 한 권의 책이다"라고요.

상식은 당연히 그것이 옳다고 생각하는 믿음이잖아요.

표준국어대사전에는 '상식'을 "사람들이 보통 알고 있거나 알아야 하는 지식. 일반적 견문과 함께 이해력, 판단력, 사리 분별 따위가 포함된다"라고 정의하고 있습니다. 물론 누구나 알고 있거나 알아야 하는 지식이라고 생각하는 범위는 사람마다 다르지요. 제가 볼 때 사람들의 의견 대립은 단순한 지식의 차이에서 오는 게 아니라 상식의 차이에서 온다고 생각하거든요. 지식은 상식이 되어야 비로소 실천으로 이어지기 때문이에요.

막연히 알고만 있는 것이 아니라 여러 사람의 사례나 직접 체험한 것을 바탕으로 지식이 상식으로 변하게 되면, 그다음부터는 그것을 행동으로 옮기는 데에 내적 저항이 없어져요. 결국 특별한 사람에게만 적용되는 것이 아니라, 누구나에게 적용되는 지식이라는 사실을 알게 될 때 상식의 범위는 넓어지고, '당연히 나도 할 수 있겠다'는 생각으로 연결되지요.

예를 들어 '1만 시간의 법칙'은 많은 사람에게 알려져 있어요. 하지만 그걸 알고도 모두가 1만 시간의 노력을 하려고 하지는 않죠. 그 지식이 아직 상식으로 변하지 않았기 때문이에요. 하지만 말콤 글래드웰의 『아웃라이어』(김영사, 2009)를 읽고 나면 '나도 열심히 노력하면 성공할 수 있겠구나'라는 생각이 한층 강하게 들게 됩니다. 작가의 이야기에 설득되는 거죠. 그 전까지 막연하게 성공이란 타고난 사람들이 하는 특별한 것이라 생각했다면 그 책을 읽은 뒤부터는 누구나 1만 시간의 노력을 기울일 경우 성공할 수 있다는 생각을 하게 되지요. 동시에 그와 관련된 여러 책을 읽고 1만 시간의 법칙은 물론 나의 노력이 성과와 어떤 관계가 있는지 알아가게 됩니다.

여러 책을 섭렵하면서 1만 시간의 법칙이 하나의 상식으로 자리 잡고 나면 일을 하는 관점이나 태도가 달라지는 거예요. 물론 그 책을 읽고도 여전히 설득되지 못하기도 할 거예요. 그건 내 주변에서는 그런 일이 거의 일어나지 않기 때문이죠. 다독을 해야 하는 이유가 바로 여기에 있어요. 똑같은 이야기라도 한 사람이 말하면 설득되지 않지만, 열 사람이 다양한 관점과 사례로 이야기하는 걸 듣다 보면 설득되죠. 막연했던 지식이 나에게도 적용되는 보편적인 상식으로 전환되는 순간이죠.

이런 관점에서 볼 때 독서는 결국 상식 수준을 높이려고 하는 것이라고 봐도 무방해요. 개개인의 상식 수준의 합이 특정 조직이나 회사, 국가의 의식 수준이 됩니다. 의식 수준은 문화로 반영되어 아이들이 자라면서 접하게 되는 보편적인 문화 수준을 만들게 되는 거죠.

이처럼 우리가 독서를 통해 얻어야 하는 것은 바로 상식의 변화입니다. 상식 수준이 곧 의식 수준입니다. 고전을 읽어야 한다고 말하는 이유가 바로 수백 년 혹은 수천 년간 검증된 상식이기 때문이에요. 더 높은 의식 수준에 이른 인류의 선조들이 마땅히 상식으로 삼아야 하는 것들을 알려준 것이고, 그것을 배우고 실천해본 후손들이 시대에 따라 취할 건 취하고 버릴 건 버리면서 남은 것이 고전이니까요.

고전도 마음이 가는 대로 읽어보세요. 어려우면 과감히 덮고, 모르겠으면 그냥 넘기면서 읽어도 됩니다. 그러다 한번은 반드시 만나게 돼요. 내 삶을 흔드는 그런 한 문장을. 그 한 줄에 무슨 힘이 있는지는 알 수 없지만, 더 이상 책을 읽기 힘들게 만들고, 눈물 짓게 만들고, 격한 울림에 가슴이 벅차오르는 감동을 주는 문장을 만나게 돼요.

책을 읽고 가슴을 울리는 문장을 만났다면, 그 문장을 손에 꽉 쥐고 일어서야 합니다. 그리고 그 울림대로 행동해야지요. 머리로만 알고 끝나는 지식, 가슴으로 함께 울기만 했던 지식은 아무것도 바꾸지 못합니다. 오직 행동하는 지식인만이 세상을 바꿀 수있기 때문이죠. 여러분이 원하는 삶을 당장 시작해보세요. 그것이 아무리 작고 보잘것없어도 괜찮아요. 모든 위대한 시작이 다 그 보잘것없는 '처음'에서 출발했다는 사실만 기억하세요.

　생각만큼 쉽진 않습니다. 잠시 감동받았다고 해서 내 삶의 관성을 한순간에 무너뜨리지 못하는 경우가 더 많지요. 그래서 다시 읽고, 다시 적고, 또다시 읽고, 마침내 행동합니다.

> 인생의 가장 먼 여행은 머리에서 가슴까지의 여행이라고 합니다. 냉철한 머리보다 따뜻한 가슴이 그만큼 더 어렵기 때문입니다. 그러나 또 하나의 가장 먼 여행이 있습니다. 가슴에서 발까지의 여행입니다. 발은 실천입니다. 현장이며 숲입니다.
>
> —— 신영복, 『처음처럼』, 「가장 먼 여행」, 돌베개, 2007, 50쪽

내 삶의 뿌리를 발견하다: 근간 독서

내가 세계를 알게 된 것은 책에 의해서였다.

– 장폴 사르트르

속독은 잠재지식을, 숙독은 가용지식을

세상에는 너무나 많은 정보와 지식이 있고, 우리는 그중 극히 일부분만을 알고 있어요. 그런 관점에서 보자면, 내가 알고 있는 지식은 내가 인식하는 세상의 전부라고 해도 과언이 아닙니다.

내가 가진 능력도 결국 내가 아는 지식에 한정됩니다. 그렇다면 우리가 책을 읽는 이유는 내 지식의 한계를 확장하기 위해서라고 볼 수 있지요. 내가 새로운 지식을 하나 알게 되면 미지의 세상 퍼즐 한 조각이 더 생기는 것이고, 그 퍼즐 조각으로 인해 나는 세상을 이해하는 또 하나의 단서를 얻게 됩니다.

아는 것이 많아질수록 내가 인식하는 세상의 범위가 넓어집니다. 그렇게 지식은 나와 세상을 통찰할 수 있는 원동력이 됩니다. 세상에는 너무나 많은 정보가 있고, 우리가 그 정보를 다 알 수 없으니까요. 그래서 책을 많이 읽으면 더 많은 걸 알게 되지만, 그만큼 내가 모르는 영역이 얼마나 많은지 더 크게 깨닫게 됩니다. 시야가 넓어지는 만큼 내가 깊이 알고 있는 지식이라는 것도 하나의 우물에 지나지 않는다는 것을 알게 됩니다.

내가 무언가를 많이 알아갈수록 기존 지식의 경계는 허물어지고 조금 더 넓은 동심원이 생깁니다.

"경계에 선다"는 말이 있습니다. 내가 지식을 많이 알고 있다고 그 지식이 전부 나의 역량이 되는 것은 아니지요. 그 지식을 통해 발전하고 자신의 영역을 확대해나가는 것이 바로 성장입니다. 내가 가진 역량의 한계가 성장의 경계입니다. 성장의 경계가 확장되면 내가 할 수 있는 일이 많아지지요. 성장의 경계는 다른 말로 표현하면 내가 할 수 있는 것과 없는 것의 경계라고 볼 수 있을 거예요.

우리가 교육을 받는 이유는 내가 더 많은 것을 할 수 있는 능력을 키우기 위해서이지요. 또 무엇을 할 수 있는지 스스로 판단하고 결정할 수 있는 능력을 기르는 과정이라고도 할 수 있어요. 그런 의미에서 독서란 결국 나의 지식과 역량의 경계에 자신을 세우는 일이기도 합니다. 앞서 빨리 읽는 것과 느리게 읽는 것에 대해

각각 설명을 드렸어요. 내가 모르던 새로운 정보를 접하게 되면 우리의 뇌는 그 정보를 판단합니다. 그리고 내가 의식하든 의식하지 못하든 그 정보를 나름의 방식으로 저장하죠.

빠르게 무언가를 읽고, 이해하고, 판단하는 행동을 통해 우리는 즉각적으로 잠재지식을 확장합니다. 그런 잠재지식은 내면의 잠재력이라고도 할 수 있고요. 문제는 정보를 가지고 있지만 그것을 처리하는 프로세스는 없기 때문에 그냥 정보 자체로만 존재하는 경우예요. 빠른 독서만을 추구하면 양적 확장은 빠르게 일어나지만, 정작 꿰지 못한 구슬처럼 써먹지 못하는 재료들만 가지고 있는 형태가 되고 맙니다. 반면에 너무 느린 독서만 추구하면 양적 확장이 더디기 때문에 무언가를 꿰고 싶어도 쓸 구슬이 부족해지지요.

우리가 무언가 알고 있는 것에는 두 가지 종류가 있습니다.

첫 번째는 논리적으로 정립되어 있어서 언제든 증명된 수학 공식처럼 활용할 수 있는 가용지식입니다. 실제로 알고 있고, 설명할 수 있고, 써먹을 수 있는 지식이지요. 전후좌우 사정을 충분히 이해하고 판단할 수 있는 수준의 지식입니다. 이런 지식은 타인에게 얼마든지 설명해줄 수 있습니다.

두 번째는 막연하게 알고는 있지만 논리적으로 정립되지 않은 지식입니다. 이런 지식은 잠재지식이라고 합니다. 가끔 분명히 알고 있다고 생각했는데 막상 말로 설명하려거나 글로 쓰려면 정확하게 표현하지 못하는 경우가 있어요. 바로 그런 지식이 잠재지식입니다.

우리가 속독을 통해 확장되는 것은 대체로 잠재지식의 영역입니다. 충분한 스키마가 있지 않으면 우리가 읽은 것을 논리적으로 정립하기란 쉽지 않죠. 확실한 자신의 지식으로 정립되기 위해서는 좀 더 깊이 있는 독서가 필요합니다. 속독과 숙독이 병행되어야 하는 이유가 바로 여기에 있습니다.

책을 많이 읽었음에도 발전이 없는 사람은 잠재지식은 상당히 확장했지만, 그것을 정작 완전한 자신의 지식으로 바꾸어놓지 못했기 때문에 써먹지 못하는 거죠. 반대로 잠재지식이 많진 않지만, 자신이 아는 것은 최대한 명확하게 정립해두는 사람은 아는 것을 바로 적용하고 실천하는 데 능한 사람일 것입니다.

지식의 경계를 넓히고 지식의 대지에 뿌리 내리다

결국 독서란 지식의 경계를 넓혀가는 일입니다. 빠르게 많은 책을 읽으면서 잠재지식을 넓혀가는 것도 중요하고, 그중 나에게 꼭 필요한 좋은 책을 선별해 깊이 있는 독서를 하고 그 과정을 통해 완전히 나만의 사고방정식을 구축해가는 것도 중요합니다.

천천히 읽고, 생각하면서 책에서 주는 지식을 내 것으로 소화하는 과정은 느리지만 내 속에서 특정한 정보들을 처리할 수 있는 프로그램을 만드는 과정입니다. 그런 과정을 거쳐서 얻어진 정보는 지식으로 바뀌어서 저장되는 거죠.

어떤 정보가 입력되었을 때 의미 있는 새로운 해석을 만들어낼 수 있는 능력을 우리는 통찰이라고 부릅니다. 누구도 빼앗아 가지 못하는 자신만의 무기, 즉 사고방정식이라고 볼 수 있죠. 이러한 사고방정식 하나하나가 지식이라는 거대한 대지에 뿌리를 내리고 그 뿌리를 기반으로 우리는 하나의 줄기가 되어 뻗어나갈 수 있고 생각의 잎들을 자라나게 하고, 꽃피울 수 있게 됩니다.

사고방정식에 대해 좀 더 설명드려볼까요. 모든 분야에서 우리는 자기만의 사고방정식을 가지고 있어요. 예를 들어 오케스트라의 지휘자는 일반 청중과는 전혀 다른 사고방정식을 가지고 있죠. 똑같이 연주를 들어도 '듣는 귀'가 다르다고 할까요?

동시에 수많은 악기가 연주되는 와중에도 몇 번 바이올린이 틀렸는지, 어떤 악기가 박자를 놓쳤는지 단번에 알아낼 수 있죠. 일반인이 봤을 때는 그저 놀라운 능력으로밖에 보이지 않지만, 수많은 경험과 훈련을 반복하면서 만들어진 그의 사고방정식 덕분에 마치 수학 공식처럼 정보가 입력되면 바로 결괏값을 도출해낼 수 있는 거죠.

역사를 공부하는 것도 그와 비슷합니다. 여러 가지 역사적인 사건들을 단편적인 정보로 기억하는 것이 아니라, 어떤 사건이 왜 일어났는지 그 사건이 일어날 수밖에 없었던 시대적인 배경은 무엇이었는지 맥락을 이해하는 게 핵심입니다. 그런 식으로 역사를 이해하면 지금 현대를 살아가는 우리가 서 있는 지점이 어디쯤인지를 어렴풋이 가늠할 수 있게 되죠. 그런 역사적인 지식을 가지고 있으면 남북 관계에 대한 이해, 한미 한일 관계에서의 쟁점이 무엇인지 오롯이 자기만의 생각으로 기준을 잡을 수 있게 됩니다.

자기 계발은 어떨까요? 아침에 일찍 일어나는 것은 단순한 의지의 문제일까요? 아마 한 권의 책으로 모든 걸 다 알 수는 없을 것입니다. 여러 권의 자기 계발 서적을 읽으면서 그들이 말하는 공통 원리를 발견해내고, 그런 원리들을 나에게 적용하면서 나만의 해결책을 발견해내는 것이 핵심일 테니까요.

아침에 일찍 일어나는 것은 결코 의지의 문제가 아니지요. 그건 습관의 문제이기도 하고, 수면의 문제이자, 조금 더 깊이 들어가면 스스로 만들어놓은 잠재의식의 문제이기도 하죠. 다 연결되어 있습니다. 단편적으로 하나씩 떼어놓고 이해하면 여러 가지 경우와 사례가 끊임없이 충돌할 수밖에 없어요. 사람에 따라 늦잠을 자는 동기가 저마다 다를 수밖에 없고, 일시적인 동기만으로는 잠깐의 변화만 있을 뿐 지속적인 변화는 불가능해지는 것이지요. 그래서 자기 계발서를 읽고 "나도 해봤는데 소용없더라"고 하시는 분이 많아요.

자기 계발서를 읽을 때는 작가가 말하는 성공 공식을 이해하고, 그 공식을 그대로 가져다 쓰는 것이 아니라 나에게 맞게 치환

하는 작업을 거쳐야만 의미가 생깁니다. 사람마다 다른 환경과 상황, 동기, 지식의 차이가 있잖아요. 그런 걸 무시하고 작가의 기준에서 정립된 공식을 내 인생에 그대로 적용해서 그게 작동한다면 오히려 신기한 일입니다.

독서법을 정립하는 것도 비슷한 과정이에요. 이 글 역시 최대한 독서법 자체가 아니라 원리를 설명하려 노력하고 있지만, 그럼에도 저만의 스키마와 살아온 환경, 저만의 독서 경험이 쌓여서 만들어진 과정이다 보니 모든 내용에 공감하기 어려우리라 생각합니다. 독서는 매우 복합적인 지식 확장 과정이니 당연한 일입니다. 그러니 단편적인 독서법으로 인한 편견에 사로잡히지 않았으면 합니다.

TIP 암묵지와 형식지

암묵지暗默知, Tacit Knowledge는 '학습과 체험을 통해 개인에게 습득돼 있지만 겉으로 드러나지 않는 상태의 지식'을 말합니다. 형식지形式知, Explicit Knowledge는 '암묵지가 문서나 매뉴얼처럼 외부로 표출돼 여러 사람이 공유할 수 있는 지식'을 말하죠. 즉 암묵지와 형식지는 '공유할 수 있는 형태로 존재하는 지식인가'로 구분됩니다.

반면 이 책에서 말하는 잠재지식과 가용지식은 한 개인이 자기 지식을 '체계적으로 설명하고 활용할 수 있는가'로 구분한 것입니다. 즉, 능동적으로 활용할 수 있는 지식을 가용지식이라 정의하고, 막연히 알고는 있지만 활용하지 못하는 기타 지식은 잠재지식이라고 정의했습니다. "구슬이 서 말이라도 꿰어야 보배"라는 말에 빗대자면 구슬은 잠재지식이며, 꿰어서 만든 보배가 가용지식입니다.

지식은 어떻게 확장되는가?

이제 무언가를 읽는 행위를 통해 지식이 어떻게 확장되어나가는지 하나씩 설명해보겠습니다.

먼저 '데이터data'입니다. 구체적으로 처리되지 않은 상태의 값을 말하죠. 이 데이터를 처리해서 얻은 값을 우리는 정보라고 부릅니다. 그리고 앞서 설명한 것처럼 여러 정보를 통해 얻게 된 하나의 사고방정식이 바로 지식이죠.

데이터는 그 자체로는 의미가 없어요. 예를 들어 327억이라는 숫자가 있다고 해볼게요. 이 숫자 자체는 아무런 의미가 없잖아요. 그런데 이 숫자가 A라는 기업의 재무제표에서 1분기 당기순이익이라면 이것은 하나의 정보가 됩니다. A라는 기업이 올해 1월부터 3월까지 각종 비용을 제하고 순수하게 벌어들인 돈이 327억 원이라는 의미니까요.

아직 이 정도의 의미만으로는 가치 있다고 할 수는 없을 거예요. 그런데 내가 투자 경험이 많고 재무제표를 읽을 줄 알고, 작년까지 이 회사가 연구개발비 지출이 많아 몇 년간 적자였다는 사실을 알고 있다면, 327억이라는 숫자는 상당한 의미가 생기겠지요. 만약 이 회사의 주식이 아직 저평가되어 있다면, 아주 매력적인 투자 대상을 발견하게 된 거죠. 327억이라는 의미 없던 숫자가 특정 회사의 당기순이익이라는 정보로 바뀌고, 그 정보는 내가 가지고 있던 투자 지식(사고방정식)을 거쳐 나에게 수익을 안겨줄 수 있는 고급 정보가 되는 것입니다.

누군가 이 정보를 가지고 투자를 하고 한 달 만에 32퍼센트의 수익을 냈다고 생각해볼게요. 이 사람은 이 경험을 계기로 다양한 경험과 공부를 하게 되고 각종 투자 분석을 통해서 자신이 투자에 상당한 재능이 있다는 사실을 발견할 수도 있을 거예요. 누구나 아는 빤한 공식이 아니라, 정보와 정보 간의 관계를 이해하고 그 사실의 맥락을 폭넓게 잡아내는 남다른 능력을 발견한다면 그게 바로 통찰이 되겠지요. 그런 통찰을 바탕으로 세상의 수많은 정보 중에 유익한 정보를 남들보다 한발 앞서 발견하고 투자함으로써 큰 수익을 지속적으로 낸다면 그는 지혜로운 사람일 것입니다. 워런 버핏 회장이 가지고 있는 것이 이런 지혜가 아닐까요?

* 데이터data: 구체적으로 처리되지 않은 상태의 값.
* 정보information: 데이터를 처리해서 없은 값.
* 지식knowledge: 여러 정보를 통해 얻게 된 하나의 사고 방정식.
* 통찰insight: 여러 지식을 통해 스스로를 성찰할 수 있는 능력.
* 지혜wisdom: 내가 가진 통찰로 세상을 이해하는 능력.

독서는 이처럼 세상을 더 넓게 이해할 수 있는 수단이 되어줍니다. 언어가 의사(정보)소통 수단이라면, 책은 지식 소통의 수단인 거죠.

"What's matter?"라는 영문 표현이 있죠. 만약 단어들의 조합이 단순 스펠링과 띄어쓰기의 나열로만 인식된다면 이 문장은 의미 없는 데이터입니다. 하지만 영어를 공부하면 특정 스펠링의 조합일 뿐인 저 문장을 "무슨 일이야?"라고 해석할 수 있게 되죠. 하나의 정보로 인식할 수 있게 되는 것입니다. 영어 문장 하나를 공부함으로써 내가 인식할 수 있는 정보 처리의 범위를 넓힐 수 있게 되지요.

사람들이 영어 공부를 열심히 하는 것은 영어를 잘해야 더 많은 기회가 열리기 때문이잖아요. 다른 말로 설명하면, 내가 인식할 수 있는 정보 범위가 그만큼 넓어진다는 뜻이에요. 정작 영어는 잘하는데 의사소통만 잘할 뿐 스스로 여러 가지 지식을 쌓아놓지 못했다면, 수많은 시간을 들여 어렵게 공부한 것이 그저 하나의 정보처리 도구로만 머무르게 되겠죠. 어렵게 공부한 영어가 더 큰 의미를 지니려면 언어를 통해 해석된 하나의 정보를 지식으로 축적하고, 통찰로 발전시킬 수 있는 힘도 반드시 길러야 합니다.

이처럼 우리는 지식이 확장되어가는 과정을 이해할 수 있습니다. 아이들이 처음 책을 읽기 시작할 때 책은 데이터에 불과하죠. 그런데 한글을 다 익히고, 여러 문장의 의미, 상황 같은 걸 인식할 수 있게 되면서 책을 통해 정보를 얻게 됩니다. 문제는 이다음이에요. 우리가 받아온 교육은 이 정보를 얼마나 많이 알고 있느냐를 평가하는 교육이잖아요. 그러다 보니 정보를 넘어 나만의 지식체계를 구축하고 사고방정식을 정립하는 작업을 제대로 하지 못하고 학교를 졸업하는 경우가 무척 많아요.

가끔 이런 생각을 해보게 됩니다. 우리 아이들이 책을 좋아하고, 책을 통해 생각하는 방법을 스스로 익히고, 그 생각으로 자유롭게 친구들과 토론하면서 다른 사람과 자신의 생각 차이를 발견할 수 있는 교육이 실현되면 얼마나 좋을까 하고요.

미국의 세인트존스 대학교는 시험도 없이 100권의 고전을 읽는 학교로 알려져 있지요. 대화를 통해 깊이 있는 독서, 깊이 있는 생각, 깊이 있는 토론을 배우잖아요. 그런 커리큘럼이 우리나라 중고등학교에 도입되면 정말 큰 변화가 생길 거예요.

이제 데이터와 정보는 모두 컴퓨터가 처리하는 시대이며, 지식의 축적과 활용도 알고리즘을 통해 상당 부분 인공지능이 대체하고 있는 상황이죠. 그렇다면 앞으로 인간의 역할은 통찰과 지혜의 영역밖에 남지 않게 됩니다.

지금의 교육 방식은 데이터를 정보로 인식하고 그것을 지식화하는 수준인데, 그걸로는 인공지능이 대체할 수많은 직업 이상의 무엇을 해내기 어려울 거예요. 현재의 초등 교육에서 충분히 정보를 통해 지식화하는 수준을 기를 수 있고, 중고등학교에서는 그런 지식을 통해 각자 자기만의 통찰과 지혜를 만들어가는 연습을 해야 하죠. 그러면서 자신이 못하는 것을 채우는 학습이 아니라, 자신의 가장 뛰어난 재능을 발견하고 그것을 통해 자기만의 역량을 키워가야 합니다. 특히 다양한 팀 프로젝트를 통해 사람들과 협업하고, 자기 가치를 다른 사람들과 조화시키고 설득하며 조율하는 방법을 배울 수 있어야 합니다.

당장 교육 제도를 바꾼다고 해결되는 문제가 아닙니다. 제도가 바뀌려면 먼저 문화가 바뀌어야 하고, 문화가 바뀌려면 먼저 상식이 달라져야 하죠. 만약 상식과 문화의 변화 없이 제도만 먼저 바뀐다면 그 제도는 제구실을 하기 힘듭니다. 기존의 상식과 타협해야 하기 때문이지요. 언제나 더 중요한 것은 우리의 상식이 어떻게 달라져야 하는가입니다.

독서에 앞서 지식을 아는 것 이상의 통찰과 지혜가 요구되는 시대에 우리가 어떻게 지식을 단련해야 하는지, 또 우리 아이들에게 어떤 교육 환경을 제공해야 하는지 질문을 던져봐야 할 때입니다.

나만의 방법으로 읽는다: 저마다의 독서

독서는 단순히 지식의 재료를 공급할 뿐
그것을 자신의 것으로 만드는 것은 사고의 힘이다.

- 존 로크

사람들은 자신만의 방식으로 세상을 읽습니다. 책도 자신만의
방식으로 읽게 마련이지요. 책을 읽는다는 것은 곧 나를 만나는
것이고, 세상을 만나는 행위이기에 누군가 정해놓은 방법으로 국
한될 수 없습니다.

언젠가 『논어』를 읽을 때였어요. 「학이學而」편의 한 구절이 무
척 이상하게 느껴졌습니다. 널리 알려진 내용이에요.

子曰 學而時習之면 不亦說乎아.
有朋이 自遠方來면 不亦樂乎아.
人不知而不慍이면 不亦君子乎아.

배우고 때로 익히면 또한 기쁘지 아니한가?

친한 벗이 먼 곳에서 찾아오면 또한 즐겁지 아니한가?

남이 알아주지 않아도 성내지 않으면 또한 군자가 아니
겠는가?

우리가 흔히 아는 해석입니다. 앞의 두 문장은 잘 이해가 되는
데요, 저는 늘 세 번째 문장의 의미를 잘 모르겠더라고요. 앞 두 문
장과 뚝 떨어진 느낌이랄까요? 「학이」 편은 여러 차례 봐왔던 장
이지만 정작 그 의미를 제대로 이해하지 못하고 있었던 게 아닌가
싶습니다. 마치 『수학의 정석』 집합 부분 같은 느낌이랄까요? 그
런데 이날은 문득 공자 할아버지의 이런 목소리가 들려오는 듯했
습니다.

배운 것을 익혀서 내 것이 됐을 때의 기쁨 느껴봤지?

멀리서 친한 친구가 찾아왔을 때의 그런 즐거운 마음
말이야.

그때의 기쁨이 누가 알아줘서 기쁜 마음이더냐.

공부學라는 건 그런 마음으로 하는 거란다.

남이 알아주지 않는다고 성낼 필요가 없는 게지.

그게 바로 군자의 배움이야.

어디에서도 이런 해석을 읽어보진 못했지만 저는 그날 이렇게 이해했습니다. 이 해석이 옳고 그른 것을 말하고자 하는 것이 아니에요. 의미 있는 자기만의 해석을 할 수 있느냐 없느냐를 말하고자 함입니다.

이렇게 이해하고 나니 『논어』의 첫 구절로 손색이 없는 너무나 멋진 글이라는 생각이 들었습니다. 그리고 『논어』가 이유 없이 좋아졌지요. 책에서 자유로워지면 책에서 더 많은 것을 발견할 수 있다는 사실을 한 번 더 체감한 순간이었어요. 마치 인생이 잠시 머물다 가는 여행이라고 생각하면 더 많은 것을 발견할 수 있듯이 말이지요.

예나 지금이나 책을 읽고 공부하는 것을 누군가에게 인정받기 위한 수단으로 여기는 건 마찬가지였나 봅니다. 독서 역시 누군가에게 보여주기 위해 하는 건 아닐 거예요. 남에게 보여주기 위한 독서는 진정한 성장으로 이어지기 어렵습니다. 타인의 시선이 아닌 내면의 소리를 들을 수 있어야 하지요. 시 한 편을 읽어도 그 속에서 내 인생을 뒤흔드는 한 문장을 만날 수 있다면 얼마나 멋진 일일까요?

TBWA 코리아 박웅현 대표가 자신의 저서 『책은 도끼다』(북하우스, 2011)에서 자기만의 멋진 오독誤讀이 필요하다고 말한 것도 같은 맥락일 겁니다. 어차피 우리가 읽은 모든 것은 저마다의 방식으로 이해되고 오독될 수밖에 없으니 말이죠.

자기만의 독서법을 찾아보세요. 지금까지 다양한 독서의 방법을 언급한 이유는 다 이것 때문입니다. 여러분이 가장 자신에게 맞는 읽기를 할 수 있도록 돕는 재료를 다듬어드린 것입니다. 이제 그 재료로 직접 맛있는 요리를 만들어보세요.

지금부터 좀 더 자유롭게 책을 읽어보는 겁니다. 때론 빠르게 읽기도 하고, 때론 낭랑한 목소리로 낭독해보기도 하고, 때론 손으로 적어가면서 읽어보세요. 가끔은 핸드폰을 끄고, 혼자 도서관이나 북카페에서 온종일 책을 읽으면서 책과 만나고, 나를 만나고, 세상을 만나보기도 하고요.

저는 요즘 헤르만 헤세의 소설 『싯다르타』를 매일 조금씩 낭독하고 있는데요, 지금은 거의 마지막 장면을 읽고 있어요. 오늘 읽은 대목은 싯다르타가 그의 오랜 친구 고빈다를 만나 깨달음에 대해 이야기하는 장면이었습니다. 싯다르타가 고빈다에게 하는 이야기 중에 다음과 같은 구절이 있습니다.

> 나는 내가 깨달은 사실을 말하고 있는 걸세. 지식은 전달할 수가 있지만, 그러나 지혜는 전달할 수가 없는 법이야. 우리는 지혜를 찾아낼 수 있으며, 지혜를 체험할 수 있으며, 지혜를 지니고 다닐 수도 있으며, 지혜로써 기적을 행할 수도 있지만, 그러나 지혜를 말하고 가르칠 수는 없네.

──────── 헤르만 헤세, 『싯다르타』, 민음사, 2002, 206쪽

지식은 전달할 수 있지만, 지혜는 전달할 수 없기 때문에 그것을 얻고자 한다면 직접 체험을 통해 깨달을 수밖에 없다는 사실을 이야기하는 장면입니다. 비단 독서뿐 아니라 인생이 그런지도 모르겠어요. 우리는 저마다의 방식으로 각자의 깨달음을 얻을 수밖에 없다는 사실을 인정해야만 합니다. 다만 이 책을 비롯해서 수많은 책을 통해 나에게 적용할 수 있는 어떤 진실의 조각들을 발견할 수 있을 뿐이지요.

자기만의 경험이 중요합니다. 그건 책으로 전달할 수 있는 것이 아니지요. 직접 체험해야만 합니다.

여러분이 지금까지 책을 좋아하지 않았더라도 괜찮습니다. 좋아할 만한 진짜 멋진 책을 아직 만나지 못했을 뿐이니까요. 앞으로 누릴 수 있는 멋진 경험이 어떤 책방에서, 도서관에서, 혹은 지금 당신의 책장에서 기다리고 있다는 사실만 기억하세요. 이미 책을 좋아하는 사람이라면 더욱 좋습니다. 가장 나다운 방식으로 책을 읽기 시작한 순간부터 책을 더 사랑하게 될 테니까요.

중요한 것은 그 멋진 경험을 직접 누려보는 것입니다.

●

독서는 머리로만
이해하는 이론이
아니라, 몸으로
체득하는 운동입니다.

●●

일상의 시간과 공간에서 이루어지는 독서가
곧 나의 정체성이 됩니다. 지금 내가 보는
책이 나를 말해줍니다.

●●●

당신은 스스로 생각하는 것보다 훨씬 책을
잘 읽을 수 있는 능력이 있습니다. 그 능력을
발견하는 것만으로 독서력이 향상됩니다.

●●●●

배경지식에 따라 독서력은
비약적으로 높아집니다.
배경지식은 속독으로도
얼마든지 쌓을 수 있습니다.

●●●●●

독서력은 깊이의 독서로
생긴 안목과 넓이의
독서로 생긴 시야에
비례합니다.

●●●●●●

눈으로 본 책으로 3을 얻는다면, 손으로
쓰고, 책 끝을 접으면서 읽은 책은 10을
얻습니다.

5장

책장 너머 세상 앞에서

세상을 읽다

모든 순간의 읽기

> 책이 없다면 신도 침묵을 지키고,
> 정의는 잠자며, 자연과학은 정지되고,
> 철학도, 문학도 말이 없을 것이다.
>
> - 토마스 바트린

사실 책을 읽는다는 것은 세상을 읽는 것입니다. 삶을 살아가는 매순간 우리는 무언가 읽게 됩니다. 사람을 읽고, 상황을 읽고, 분위기를 읽고, 상태를 읽고, 표정을 읽고, 행동을 읽고, 마음을 읽습니다. 읽는다는 것은 그저 보는 것과는 전혀 다른 것이지요. 읽는 행위 자체가 주관적인 해석의 차원이기 때문입니다.

똑같은 책을 읽어도, 똑같은 영화를 봐도, 똑같은 사람을 만나도 사람마다 다른 것을 읽어냅니다. 저마다 삶의 스키마가 다르고 읽는 방식이 다르기 때문이지요.

읽는다는 것은 삶에서 가장 중요한 인식 도구입니다.

우리는 책을 통해 세 가지를 만날 수 있습니다. 가장 먼저 만나는 것은 '작가'입니다. 책은 작가의 '지적 인격체'거든요. 그러니 책을 펼치는 순간 작가의 생각과 마음을 읽을 수 있게 됩니다. 처음에는 문자 그대로 읽다가 좀 더 숙련되면 글 이면의 감정과 의도 등도 읽을 수 있게 되지요.

다음으로 만나는 것은 책을 읽는 '나' 자신입니다. 책이 좋았다 안 좋았다라고 판단하잖아요. 저는 그 기준이 바로 그 책에서 나를 만났느냐 만나지 않았느냐의 차이라고 생각해요. 아무리 좋은 이야기가 적혀 있어도 그 글에서 나를 발견하지 못하면 무의미하죠. 독서는 일방적으로 작가의 말만 읽는 것이 아니에요. 간혹 읽는 과정에서 대화하게 되는 책이 있어요. 그런 책이 나에게 좋은 책이지요. 마치 내 마음을 들여다보기라도 한 듯이 나의 감상이나 생각이 교차되면서 읽고 생각하고를 반복하게 되는 책이 있어요. 우리는 그런 책을 '좋은 책'이라고 느낍니다. 그 책이 내 이야기를 들어주었기 때문이에요. 내가 하고 싶었으나 하지 못했던 이야기, 내가 관심은 있으나 몰랐던 이야기를 들려주니까요. 그렇게 우리는 독서하며 나를 만나게 됩니다. 책을 읽으며 나를 발견하게 되는 것이 바로 통찰이지요.

마지막으로 만나게 되는 것은 바로 '세상'입니다. 작가와 내가 대화하고 있는 주제는 둘만의 관심사가 아니에요. 대화는 은밀하게 이루어지지만, 주제는 온통 세상을 향하고 있죠. 책을 통해 나를 발견하는 것이 통찰이라면, 책을 통해 세상을 발견하는 것은 지혜입니다. 책을 통해 나를 발견하고, 내가 세상을 보는 방식이 달라져요. 이해되지 않았던 것이 이해되고, 복잡해 보이던 것이 단순하게 보이기도 합니다. 좀 더 본질적인 원리를 발견하기도 하고, 그런 지혜가 생기면 삶을 대하는 태도도 달라지죠.

읽는다는 행위는 삶에서 가장 중요한 인식 도구이며 독서는 그 도구를 업그레이드하는 가장 쉬운 방법입니다. 문자가 없고, 책이 없었던 시절에는 모든 것이 대화로만 가능했어요. 직접 체험하는 것을 제외하면 말이 전부였지요. 대화하지 않고서는 아무것도 얻을 수 없었습니다. 그래서 누구와 대화하느냐가 중요했고, 남다른 통찰을 가진 사람과의 대화를 통해서만 지혜를 얻을 수 있었어요. 스티브 잡스가 소크라테스와 대화할 수 있다면, 애플이 가진 모든 기술과 맞바꾸어도 좋다고 말한 것도 비슷한 취지라고 생각해요. (물론 직접 만날 수 없으니 책으로 만났겠죠.)

하지만 사람을 만나는 것은 그리 쉬운 일이 아니잖아요. 한 분야의 권위자를 만나 그에게 지혜와 통찰을 얻고자 한다면 상당히 많은 노력과 정성을 기울여야 합니다. 그분이 외국에 있다면 만나러 가는 시간과 비용도 상당할 거예요. 심지어 시간과 노력, 비용을 들인다고 해도 그의 사정에 따라 만날 수 없는 경우도 있겠죠. 만약 모든 지식을 그렇게 얻어야 한다면, 매 과정이 얼마나 힘들까요?

우리에게는 편리하게도 그들의 책이 있어요. 가까운 도서관에 가면 아무런 비용도 없이 내가 만나기 힘든 사람뿐만 아니라, 인류 역사를 바꾼 사람들도 만날 수 있어요. 이건 정말이지 축복이죠. 너무 소중하지만 그게 늘 당연히 있어왔기 때문에 가치를 인식하지 못할 뿐이에요. 마치 공기처럼, 숲처럼, 바다처럼 말이죠. 도서관에 가야만 읽을 수 있는 것도 아니에요. 약간의 비용만 지불하면 가만히 앉아서 편하게 책을 받을 수 있죠. 스마트폰으로 책을 검색하고, 주문하고, 결제하면 끝이에요. 보통 하루 이틀이면 택배로 받아볼 수 있어요. 직접 서점에 가보는 건 더 즐거운 경험이죠. 서점에서만 만날 수 있는 우연한 마주침이 있거든요.

책을 꼭 읽어야 한다고 강요하는 것이 아니에요. 책이 존재하는 자체가 축복이고, 시간만 내면 언제든지 갈 수 있는 도서관이 있다는 자체가 기적이라는 말을 하는 겁니다. 인류 역사상 이렇게 많은 지식을 이렇게 아무런 제한 없이 자유롭게 누릴 수 있는 시대는 없었으니까요.

저는 여러분이 오늘 당장 누구를 만날 수 있는지를 말하고 있는 거예요. 항상 있어왔기에 아무도 알려주지 않았던 비밀을 말씀드리는 겁니다. 마음만 먹는다면 스티브 잡스가 애플의 모든 기술과 맞바꾸면서까지 만나고 싶어 했던 소크라테스도 만날 수 있고요, 대문호 톨스토이를 만날 수도 있습니다. 아마존의 제프 베조스나 페이스북의 마크 저커버그도 만날 수 있어요. 무엇보다도 사람들에게는 많이 알려져 있진 않지만, 나에게만 보이는 보석 같은 책들도 만날 수 있어요.

　삶의 모든 순간 우리는 무언가를 읽습니다. 읽는 것이 곧 삶이에요. 혹시 여러분이 아무것도 할 수 없다고 느낀다면, 아직 무언가를 제대로 읽는 방법을 모르는 것입니다. 읽을 수 있는 사람만이 소통할 수 있기 때문이에요. 읽지 못하면 소통할 수 없습니다. 반대로 읽기 시작하면 더 많은 소통이 시작됩니다. 새로운 정보와 소통하고, 새로운 사람과 소통하고, 새로운 세상과 소통할 수 있게 됩니다. 그렇게 소통할 수 있는 정보가 늘어나고, 소통하는 사람이 바뀌고, 소통하는 세상이 바뀌면 인생도 달라지는 거죠.

우리가 받은 유산, 남겨줄 유산

책의 진짜 좋은 점은 '정서의 경작지'라는 데 있다.
아니 오히려 '정신의 수목'과도 비슷하여 몇 년,
몇 세대씩 이어가며 해마다 새로운 잎사귀를 낳고,
그 잎 하나하나가 주문의 표시같이 기적을 낳는
능력이 있다. – 토마스 칼라일

우리가 아무렇지 않게 누리고 있는 인류의 지성은 바로 우리의
조상들이 일구어낸 위대한 업적이고, 그들이 목숨 바쳐 지켜주고
자 했던 숭고한 뜻입니다. 역사를 후퇴시키는 방법은 아주 간단해
요. 책을 없애면 됩니다. 실제로 그렇게 후퇴했던 역사의 순간이
있죠. 우리의 선조들이 진실과 그것을 일깨워주는 지식을 지키고
자 했다면, 우리는 그것을 계승할 뿐만 아니라 발전도 시켜야죠.
한 권의 책을 내는 것은 서점에서 판매되는 하나의 상품이 아니라
한 나라의 역사를 바꾸는 가장 핵심적인 사명이라고 생각합니다.
  아이들에게 우리가 물려주어야 할 자산은 책 그 자체가 아닐
것입니다. 기성세대의 교육 방식도 물론 아니겠죠. 아이들에게 책

의 소중함을 알게 하고, 그 속에 담긴 놀라운 가치들을 전해줄 수 있어야 합니다. 무엇보다 아이들 스스로 책을 통해 자신을 발견하고, 세상을 발견할 수 있도록 도와주어야겠지요. 그러려면 무엇보다 먼저 아이들이 자발적으로 책과 친해질 수 있는 기회를 줘야 합니다.

지금은 워낙 깨어 있는 부모님, 선생님 들도 많기 때문에 아이들에게 책을 강요하지 않고, 스스로 책과 친해지고, 독서의 즐거움을 느끼게 해주기도 합니다.

하지만 여전히 주입식 교육, 시험을 위한 공부, 점수를 위한 책 읽기가 만연해 있는 것도 사실이에요. 오직 공부에 매달려 있지만, 그 공부가 정작 삶을 성장시키는 것이 아니라, 삶을 구속하게 만들고 있어요. 무한한 가능성과 반짝거리는 개성을 가지고 있던 아이들이 모두 비슷비슷해지는 거지요.

꿈이 많은 아이들에게 어른들의 재단된 틀을 강요하지 말고, 아이들 스스로 자신의 삶을 책 속에서 발견할 수 있도록 돕는 교육이 되길 기대합니다. 당장 학교 교육이 바뀌기는 어려울 것입니다. 오히려 너무 갑작스러운 변화는 혼란을 초래하기 마련이죠.

지금은 우리의 상식이 먼저 바뀌는 것이 순서라고 생각합니다. 상식이 바뀌면 문화가 바뀌고, 문화가 바뀌면 사람들의 의식 수준도 높아지겠지요. 의식 수준이 높은 사람들이 많아지면, 제도는 자연스럽게 개선되리라고 생각합니다.

지금 우리 사회에는 당면한 수많은 사회문제들이 있어요. 그것을 한 번에 해결할 수 있는 방법은 없습니다. 다만, 좀 더 넓은 안목으로 세상을 볼 수 있는 사람들이 하나둘 늘어가고, 좋은 독서를 통해 조금 더 많은 사람이 현상 이면의 본질을 볼 수 있게 된다면, 자연스럽게 더 많은 영역에서 탁월한 능력을 발휘하는 인재들이 배출되지 않을까요? 그런 멋진 인재들이 서로 힘을 합쳐 수많은 문제를 슬기롭게 극복할 수 있지 않을까요?

책, 나와 세상을 연결하다

책은 이 세상의 가장 위대한 기적 중의 하나이다.
그것은 무형의 것, 정신을 담기 위한 실질적인
그릇이다. 책은 인간과 같은 것이다.

- 게르하르트 하웁트만

치열하게 매일 책을 읽기도 하고, 때론 책을 덮은 뒤 현실에서 내가 아는 것을 어떻게 접목하고 실천할까를 고민한 적도 많았지만 그럴수록 한 가지를 더욱 깨달았습니다. 내 지식이 참 보잘것없구나. 어쩌면 독서란 겸손을 배우는 과정이구나.

반면 책을 읽으며 가장 크게 느낀 점은 나 자신이 얼마나 가치 있는 사람인가라는 인식이었습니다. 동시에 내가 만나는 사람 한 명 한 명이 얼마나 귀중한 존재인가도 느끼게 되었습니다. 책을 통해 성장할 수 있는 환경이 있다는 사실에 깊이 감사하게 되었어요. 좋은 책을 만나고, 좋은 작가를 만나고, 그 책과 내 생각을 나눌 수 있는 좋은 사람들을 만나면서 진정 중요한 삶의 가치란 무엇인지 생각하게 되었습니다.

사람은 누구나 자기만의 독법讀法이 필요합니다. 그것은 단순히 책을 읽는 것에 국한되는 것이 아니라 나를 알고 타인을 알며, 세상을 이해하기 위해 필요한 능력입니다.

책은 또 다른 현실이자 독립된 하나의 세계입니다.

'나'라는 존재 역시 마찬가지죠. 나라는 현실과 나라는 독립된 세계가 존재하니까요. 그런 각자의 '나'는 서로 연결되어 있습니다. 그렇게 연결된 사람과 사람의 사이를 인간人間이라고 부르는지도 모르겠습니다. 단재 신채호 선생은 『조선상고사』에서 역사를 다음과 같이 정의하였습니다.

> 역사歷史란 무엇인가. 아我와 비아非我의 투쟁이 시간적으로 발전하고 공간적으로 확대되는 심적 활동 상태의 기록이다.

단재 선생의 말처럼 역사란 나와 내가 아닌 것의 투쟁 기록입니다. 여기서 중요한 것은 무엇이 아我, 나이고 무엇이 비아非我, 나 아닌 모든 것인가 하는 질문입니다. 누군가에게 아는 하나의 육체를 가진 나일 테고, 가장에게 아는 자신의 가족일 것이며, 대표에게 아는 자신의 회사일 것입니다. 김구 선생의 아는 조선 민족이었을 터이고, 예수의 아는 전 인류였을 것입니다. 결국 아의 크기가 그 사람의 그릇 크기인 셈입니다.

여러분의 '아'는 무엇인가요? 여러분은 지금 무엇非我과 투쟁하고 있나요?

책이 없이는 지금의 인류가 누리는 모든 번영은 없었을 것입니다. 우리가 누리는 모든 지식은 인류의 역사이자 공동 자산이라고 할 수 있죠. 그러므로 그 지식은 우리가 당면한 수많은 문제를 함께 풀어가기 위해 사용되어야 합니다.

우리는 더 많은 지식을 통해 다양한 통찰을 얻을 수 있습니다. 그것을 좁은 의미의 나를 위한 이익에 사용할 수도 있고, 넓은 의미의 나(우리)를 위한 지혜로 발전시켜나갈 수도 있습니다. 선택은 자신의 몫입니다.

•
책을 읽는다는 것은 처음에는 글을 읽고,
다음에는 나를 읽고,
나아가 세상을 읽는 것입니다.

••
어른들의 좋은 독서가 아이들의 미래를
바꿉니다. 우리가 후대에 남겨주어야 하는
것은 더 많은 책이 아니라,
책을 읽는 즐거움입니다.

책을 덮을 수밖에 없는 순간

> 나는 한 권의 책을 책꽂이에서 뽑아 읽었다. 그리고 그 책을 꽂아놓았다. 그러나 나는 이미 조금 전의 내가 아니다.

프랑스의 소설가이자 비평가인 앙드레 지드의 말입니다. 독서의 영향력을 인상 깊게 말해주는 문장이지요.

책을 읽다가 가장 행복한 순간은 '책을 덮을 수밖에 없는 순간'을 만날 때입니다. 더 이상 활자를 읽는다는 행위가 무색해질 만큼 책 속의 텍스트가 내 마음에 닿아 강한 울림을 전달해줄 때, 긴 호흡을 내쉬며 조용히 책을 덮고 고개를 듭니다. 잠시 눈을 감고 감상에 젖기도 하고요. 두근거리는 마음을 주체하지 못해서 얼른 노트에 무언가를 써놓기도 합니다.

누군가 말했습니다. 최고의 독서는 침묵이라고. 그의 말에 전적으로 공감합니다. 책장을 더 넘기지 못하고 덮으며 침묵하는 순간은 느껴본 사람만이 알 수 있는 최고의 찰나이기 때문이죠.

앙드레 지드의 말처럼 책을 읽기 전과 읽은 후의 나는 같은 내가 아닙니다. 이미 새로운 무언가를 알게 되었고, 그 지식으로 인해 내가 알던 세상은 이전과 다른 곳이 됩니다.

오늘도 그렇게 책 한 권을 읽었고, 저는 새로운 사람이 되었습니다. 이제 여러분 차례입니다.

부록

- 독서 연애지수 테스트
- 정말 읽고 싶은 책들
- 나의 시공간 발견하기
- 나의 독서 수준 점검표
- 참고 자료

독서 연애지수 테스트

다음 내용을 읽고 예(Y), 아니오(N) 중에서 선택해주세요.

No	질문	Y	N
1	대중교통을 타고 이동하는 중에 책을 보다가 내릴 곳을 지나친 적이 있다.		
2	시간 가는 줄 모르고 책을 보다가 약속 시간에 늦은 적이 있다.		
3	가끔은 아무것도 안 하고 온종일 서점이나 도서관에서 책만 보고 싶다.		
4	아마도 천국은 도서관과 비슷한 곳이 아닐까 하는 생각이 든다.		
5	대체로 책을 보는 건 즐겁다.		
6	책을 보다가 몰입하면 시간이 훌쩍 지나가는 편이다.		
7	가끔은 오롯이 책만 읽고 싶어 휴대폰을 꺼둔 적이 있다.		
8	좋은 책을 읽다 보면 오랜 친구나 멘토와 대화하는 느낌이 든다.		
9	사람들을 만나서 대화하는 것보다 책을 읽는 것이 대체로 더 즐겁다.		
10	서점에 가서 책을 고르는 것이 어떤 쇼핑보다 즐겁다.		
11	좋은 책을 발견해서 읽고 나면 어서 그 작가의 다른 책을 읽어보고 싶다.		
12	좋은 자가용보다 좋은 서재가 더 갖고 싶다.		
13	가장 좋아하는 책에 대해 다섯 권 이상 마음껏 이야기할 수 있다.		
14	내가 가장 좋아하는 책과 작가, 관심 분야에 대해 잘 알고 있다.		
15	책에 따라 적절한 독서법을 활용하여 읽는 방법을 알고 있다.		
16	좋았던 책이나 중요한 책은 대체로 다시 읽는다.		
17	카페에서 책 한 권을 처음부터 끝까지 읽어본 적이 있다.		
18	여러 번 읽어도 여전히 다시 읽고 싶은 책이 여러 권 있다.		
19	책을 보느라 밥 먹는 시간이 아까운 적이 있다.		
20	먹고 자는 걱정이 없고, 책만 충분히 있다면 무인도에서도 1년 이상 살 수 있다.		
'예'에 체크한 항 목수 = ( ) 개 × 5점	나의 독서 연애지수		

각 항목의 점수는 5점이고, 모두 5점을 획득하면 총점 100점입니다. 이 점수를 통해 여러분이 독서를 얼마나 좋아하는지, 얼마큼 효율적으로 하고 있는지 알 수 있어요.

80점 이상
당신은 책과 깊이 연애하는 중

80점 이상의 매우 높은 점수를 획득한 당신은 누구보다 책의 성실한 연인입니다. 책에 따라, 상황에 따라 당신은 책을 빨리 읽거나 천천히 읽고, 소리 내 읽거나 조용히 두세 번 읽기도 하지요. 때로는 옮겨 적기도 하면서 의미를 되새기기도 해요. 읽다 보면 시간 가는 줄 모르는 건 기본이지요. 마치 사랑하는 연인과 여러 가지 방법, 다양한 상황에서 깊은 만남을 만들어가듯이 말이지요. 앞으로도 계속 책과 즐겁게 연애하세요!

60~79점
당신은 책과 서로 좋아하는 중

당신은 책을 무척 좋아해요. 책이 인생에서 얼마나 큰 의미가 있는지도 잘 알고 있지요. 다만 빨리, 더 많이 읽고 싶은 마음에 때로 작은 스트레스를 받기도 해요. 여러 가지 방식으로 좀 더 자유롭게 읽다 보면 좋아하는 것을 넘어 사랑에 빠지게 될 테니 힘을 내세요!

40~59점
당신은 책과 '썸'을 타는 중

당신은 책을 읽는 것이 재미있어요. 하지만 난도가 높은 책을 읽거나, 읽어야 하는 책이 많다고 생각되면 책 자체가 큰 숙제처럼 느껴져 멀어지기도 하지요. 책을 펼쳤다가 덮었다를 반복하며 본의 아니게 책과 '썸'을 타고 있네요. '밀당' 시기를 지나 책을 순수하게 좋아하고 싶다면 이 책에 나온 천재들의 여러 가지 독서법을 참고해보세요. 책과 연애할 수 있는 나만의 방법을 얻게 될 거예요.

39점 이하
당신은 책과 멀어지는 중

당신은 책을 생각하면 읽어야 한다는 의무감에 부담을 느끼곤 해요. 책보다 재미 있는 콘텐츠가 더 많다는 생각도 하지요. 입시, 성적과 결부된 독서를 해온 경험 때문에 책에 선입견이 생겼는지도 모르고, 스스로 독서를 해보려다 잘되지 않아 실패한 적이 있을지도 몰라요. 이제부터 읽어야 하는 책이 아니라 내가 재미있는 책을 먼저 펼쳐보세요. 만화책일 수도 있고, 시집일 수도 있지요. 책을 통해 무언가 얻어야 한다는 부담을 내려놓고 편안한 마음으로 읽어보세요. 책에 좀 더 호감을 느끼게 될 거예요.

정말 읽고 싶은 책들

분명 읽고 좋았던 책인데 다시 읽지 않고 책장 어딘가에 방치되어 있는 책이 있나요? 한 번쯤 다시 읽어도 좋겠다고 생각했던 책이 있다면 아래 표에 적어보세요. 그리고 다시 읽어보세요. 처음부터 끝까지 읽지 않아도 괜찮습니다. 다시 읽고 싶은 부분만 읽어도 충분합니다. 다시 읽고 싶은 책이 없다면, 그냥 읽고 싶은 책도 괜찮습니다.

No	도서명	작가	소장 여부
1			
2			
3			
4			
5			
6			
7			
8			
9			
10			
11			
12			
13			
14			
15			

나의 시공간 발견하기

독서 습관은 마치 삶이라는 여행을 하는 동안 차에 연료를 공급하는 것과 같습니다. 아무리 좋은 자동차에 좋은 엔진이 있어도 연료가 없으면 원하는 곳까지 갈 수 없잖아요. 나의 시간과 공간을 이해하고 올바른 독서 습관을 만들 수 있다면, 그것은 당신의 지속적인 변화를 이끌어줄 강력한 엔진이 되어줄 거예요.

시간적 자아 발견하기 (현재 나의 모습을 생각해봅시다.)

지금까지 보낸 시간 중 가장 가치 있게 보낸 때는 언제인가요?
지금까지 보낸 시간 중 가장 의미 없게 보낸 때는 언제인가요?
하루 중 가장 많이(자주) 하는 일은 무엇인가요? (수면 시간 제외)
하루 중 가장 가치 있게 보내는 시간은 언제인가요?

최적의 시간 찾기 (예: 새벽, 오후, 저녁 이후, 심야, 주말 등)

책 읽기 가장 좋은 시간은 언제인가요?
하루 중 가장 컨디션이 좋은 시간은 언제인가요?
매일 나만의 독서 시간을 확보할 수 있는 방법은 무엇인가요?

공간적 자아 발견하기 (현재 나의 모습을 생각해봅시다.)

하루 중 가장 많이 머물러 있는 곳은 어디인가요?
그곳의 상태는 당신이 원하는 만큼 이상적인가요? 아니라면 이유를 적어주세요.
평소에 오래 머물러 있기 힘들어하는 공간이 있나요? 이유는 무엇인가요?
내가 가장 좋아하는 공간은 어디인가요? 이유는 무엇인가요?

최적의 공간 찾기 (예: 내 방, 거실 소파, 카페, 도서관, 북한산, 지하철 등)

책 읽기 가장 좋은 공간은 어디인가요?
생각하기(글쓰기) 가장 좋은 공간은 어디인가요?
힘든 일이 있을 때 위로가 되는 공간은 어디인가요?
새로운 일을 계획하기 좋은 공간은 어디인가요?

나만의 새로운 공간 규정

실제 장소
주요 목적
조성 환경
필요한 것

나의 독서 수준 점검표

다음은 나의 독서 수준이 어느 단계에 와 있고 무엇을 보완해야 할지 점검해보는 표입니다. 레벨별로 점수를 합산해 확인해보세요.

전혀 아니다(1점), 대체로 아니다(2점), 보통이다(3점),
대체로 그렇다(4점), 매우 그렇다(5점)

1레벨		질문	①	②	③	④	⑤
독해	1	나는 한글로 된 책을 읽는 데 아무런 문제가 없다.					
	2	읽은 부분이 이해가 안 돼서 앞부분부터 다시 읽기를 반복하는 경우는 거의 없다.					
	3	책을 읽으면 그 글이 어떤 의미로 쓰였는지 거의 이해하는 편이다.					
	4	책에서 소개한 예시나 비유 등 작가의 의도를 파악하며 읽는다.					
유형		14점↑ [ ] / 13점↓ [ ]			합계 점수		

2레벨		질문	①	②	③	④	⑤
흥미	1	책을 보는 건 대체로 즐겁다.					
	2	가끔은 종일 도서관이나 서점에서 책만 보고 싶을 때가 있다.					
	3	책 보느라 밥 먹는 시간이나 사람들 만나는 시간이 아까울 때가 있다.					
습관	4	매일 습관적으로 책을 읽는다.					
	5	언제 책이 가장 잘 읽히는지 알고, 그 시간이 주어지면 놓치지 않는 편이다.					
	6	책이 잘 읽히는 장소를 알고 있어서 주로 그곳에서 읽는다.					

2레벨		질문	①	②	③	④	⑤
확장	7	마음만 먹으면 하루에 한두 권은 거뜬히 다 읽는다.					
	8	읽고 싶은 책이 있으면 몇 권이고 구입한다.					
	9	한 권을 읽다가도 언제든지 필요하면 다른 책을 읽는다.					
	10	좋았던 책은 몇 번이고 다시 읽는다.					
유형		유형 40점↑[ ] / 25~39점 [ ] / 24점↓ [ ]	합계 점수				

3레벨		질문	①	②	③	④	⑤
능독	1	내가 좋아하는 분야의 책을 잘 알고 있다.					
	2	어떤 분야는 관련 책을 많이 읽어서 웬만한 수준이 아니면 시시하다.					
	3	내가 읽고 싶은 책의 상세한 리스트가 있다.					
계독	3	특정 작가의 책이 좋으면 그 작가의 책을 연달아 읽는다.					
	5	공부하고 싶은 분야가 생기면 동시에 여러 권을 사서보는 편이다.					
	6	책을 읽다 보면 관련 내용의 다른 책들이 자꾸 떠오른다.					
필독	7	책을 읽을 때 밑줄을 긋거나 귀퉁이를 접거나 포스트잇을 붙이는 등 나만의 표시를 한다.					
	8	책을 읽다가 생각나는 게 있으면 책이나 노트에 메모한다.					
	9	마음에 드는 문장, 좋은 구절 들을 필사하거나 초서하는 편이다.					
유형		유형 32점↑ [ ] / 21~31점 [ ] / 20점↓[ ]	합계 점수				

4레벨		질문	①	②	③	④	⑤
숙독	1	빨리 읽기가 아까울 만큼 좋은 책을 여러 권 읽어보았다					
	2	책을 읽다 책 내용과 관련해 내면 깊숙한 곳으로 사색에 빠져드는 경우가 많다.					
	3	한 권의 책을 읽고 있는데도 자꾸 다른 책에서 읽었던 내용과 내 경험이 겹쳐지며 마치 여러 책과 함께 대화하는 듯한 경험을 한다.					
심독	4	더 이상 책을 읽기 힘들 정도의 강렬한 한 문장을 만나 며칠간 깊은 생각에 빠진 적이 있다.					
	5	책을 읽으며 말로 설명하기 힘든 기쁨과 희열을 맛본 적이 있다.					
	6	책에 감동한 나머지 직접 그 작가에게 메일을 쓰거나 만나러 간 적이 있다					
행독	7	내 생각과 행동을 변화시킨 책이 무엇인지 잘 알고 있다.					
	8	책의 내용을 실천하기 위해 나에게 맞는 방법으로 여러 가지 시도를 하는 편이다.					
	9	책을 읽고 달라진 내 행동을 아주 많이 설명할 수 있다.					
유형		유형 33점↑[ ] / 21~32점 [ ] / 20점↓ [ ]			합계 점수		

독서 1레벨 테스트

합계 점수가 14점 이상이면, 대부분의 책 읽기에 어려움이 없을 것입니다. 만약 13점 이하라면, 평소보다 더 쉽고 재미를 느끼는 책부터 읽어보길 권합니다.

독서 2레벨 테스트

40점 이상이면 책을 좋아할 뿐 아니라, 독서가 습관이 되어 있는 분입니다. 속독까지 하고 있다면 이제 깊이 있는 독서를 하고 있는지만 점검해보면 되겠어요. 25〜39점이라면 책이 좋긴 하지만 아직 충분한 습관이 만들어지진 않았을지도 모릅니다. 책을 좀 더 쉽게 볼 수 있는 환경을 만들어보면 어떨까요? 24점 이하에 속한다면 아직 독서의 즐거움을 느끼지 못했을 가능성이 높습니다! 자기만의 기준을 잡고, 지금 끌리는 책 위주로 한 권씩 읽어보세요.

독서 3레벨 테스트

32점 이상이라면 이미 능동적인 독서를 하고 있다는 뜻입니다. 이미 주변에서 알아주는 독서가가 아닐까 싶어요. 21〜31점에 속한다면 독서에 대한 열의는 있으나 아직 체계를 잡지 못하고 있단 느낌을 받을 수 있어요. 자신만의 기준을 좀 더 구체적으로 잡아보면 어떨까요? 20점 이하에 속한다면 아마도 책을 대체로 깨끗하게 보고 있을 가능성이 높습니다. 읽고 나서도 남는 게 없는 이유는 뭔가 기록하지 않기 때문인지도 몰라요.

독서 4레벨 테스트

33점 이상이라면 독서의 진정한 행복을 아는 분입니다. 이미 책을 통해 삶의 변화와 성장을 만들어가고 있을 거예요. 21〜32점이라면 책을 읽고 좋았던 적도 있지만, 아직 삶의 큰 변화까진 느껴보지 못했을 수 있습니다. 삶과 연결되는 독서의 기쁨을 느끼고 끊임없이 성장할 수 있습니다. 20점 이하에 속한다면 책은 여전히 내 삶과 동떨어진 타인의 지식이라고만 여길 가능성이 높아요. 아직 정말 멋진 독서 경험을 해보지 못했기 때문은 아닐까요?

참고 도서

- 『1만 시간의 재발견』, 안데르스 에릭슨 지음, 강혜정 옮김, 비즈니스북스, 2016. 6.
- 『1시간에 1권 퀀텀 독서법』, 김병완 지음, 청림출판, 2017. 3.
- 『7번 읽기 공부법』, 야마구치 마유 지음, 위즈덤하우스, 2015. 3.
- 『강의』, 신영복 지음, 돌베개, 2004. 12.
- 『공부가 된다』, 크리스티앙 그뤼닝 지음, 염정용 옮김, 이순, 2009. 7.
- 『공부는 망치다』, 유영만 지음, 나무생각, 2016. 9.
- 『공부의 달인, 호모 쿵푸스』, 고미숙 지음, 북드라망, 2012. 8.
- 『그들이 어떻게 해내는지 나는 안다』, 크리스 베일리 지음, 황숙혜 옮김, 알에이치코리아, 2016. 8.
- 『그림으로 읽는 뇌과학의 모든 것』, 박문호 지음, 휴머니스트, 2013. 4.
- 『김병완의 초의식 독서법』, 김병완 지음, 아템포, 2014. 2.
- 『꽃들에게 희망을』, 트리나 폴러스 지음, 김석희 옮김, 시공주니어, 2017. 1.
- 『나는 결심하지만 뇌는 비웃는다』, 데이비드 디살보 지음, 이은진 옮김, 모멘텀, 2012. 8.
- 『나는 누구인가』, 고미숙 외 지음, 21세기북스, 2016. 5.
- 『나는 왜 이 일을 하는가』, 사이먼 사이넥 지음, 이영민 옮김, 타임비즈, 2013. 1.
- 『나는 왜 책읽기가 힘들까?』, 도야마 시케히코 지음, 문지영 옮김, 다온북스, 2016. 6.
- 『나는 이런 책을 읽어왔다』, 다치바나 다카시 지음, 이언숙 옮김, 청어람미디어, 2001. 9.
- 『낭송 주자어류』, 주희 지음, 이영희 옮김, 북드라망, 2014. 12.
- 『내 것이 아니면 모두 버려라』, 앨런 코헨 지음, 도솔, 2000. 2.
- 『내 인생을 바꾼 한권의 책 1』, 잭 캔필드 외 지음, 손정숙 옮김, 리더스북, 2013. 10.
- 『내가 상상하면 현실이 된다』, 리처드 브랜슨 지음, 이장우 옮김, 리더스북, 2007. 11.
- 『논어』, 공자 지음, 김형찬 옮김, 홍익출판사, 2016. 2.
- 『뇌내혁명』, 하루야마 시게오 지음, 반광식 옮김, 사람과책, 1996. 2.
- 『다 빈치의 인문공부』, 슈테판 클라인 지음, 유영미 옮김, 웅진지식하우스, 2009. 6.
- 『다산선생 지식경영법』, 정민 지음, 김영사, 2006. 11.
- 『다윗과 골리앗』, 말콤 글레드웰 지음, 선대인 옮김, 21세기북스, 2014. 1.
- 『담론』, 신영복 지음, 돌베개, 2015. 4.
- 『독서 몰입의 비밀』, 스테파니 하비 지음, 남택현 옮김, 커뮤니티, 2009. 5.
- 『독서력』, 사이토 다카시 지음, 황선종 옮김, 웅진지식하우스, 2015. 3.
- 『독서법부터 바꿔라』, 기성준 지음, 북씽크, 2015. 9.
- 『독서의 기술』, 모티어 J. 애들러 지음, 민우사 옮김, 범우사, 1993. 3.
- 『독서의 발견』, 유영만 지음, 카모마일북스, 2018. 7.

- 『독서의 역사』, 알베르토 망구엘 지음, 정명진 옮김, 세종서적, 2016. 7.
- 『리딩으로 리드하라』, 이지성 지음, 차이정원, 2016. 4.
- 『마인드셋』, 캐롤 드웩 지음, 스몰빅라이프, 2017. 10.
- 『명령하는 뇌, 착각하는 뇌』, V. S 라마찬드란 지음, 박방주 옮김, 알키, 2012. 4.
- 『모눈노트 공부법』, 다카하시 마사후미 지음, 홍성민 옮김, 알에이치코리아, 2016. 1.
- 『모든 순간의 물리학』, 카를로 로벨리 지음, 김현주 옮김, 쌤앤파커스, 2016. 2.
- 『미라클모닝』, 할 엘로드 지음, 김현수 옮김, 한빛비즈, 2016. 2.
- 『미쳐야 공부다』, 강성태 지음, 다산에듀, 2015. 7.
- 『미쳐야 미친다』, 정민 지음, 푸른역사, 2004. 4.
- 『변방을 찾아서』, 신영복 지음, 돌베개, 2012. 5.
- 『브리꼴레르』, 유영만 지음, 쌤앤파커스, 2013. 5.
- 『사피엔스』, 유발 하라리 지음, 조현욱 옮김, 김영사, 2015. 11.
- 『삶을 바꾸는 책읽기』, 정혜윤 지음, 민음사, 2012. 6.
- 『삶을 바꾼 만남』, 정민 지음, 문학동네, 2011. 12.
- 『생각하는 인문학』, 이지성 지음, 차이, 2015. 3.
- 『선물』, 스펜서 존슨 지음, 형선호 옮김, 랜덤하우스코리아, 2011. 11.
- 『세인트존스의 고전 100권 공부법』, 조한별 지음, 바다출판사, 2016. 2.
- 『세종대왕 독서법』, 조혜숙 지음, 주니어랜덤, 2011. 10.
- 『소리내어 읽는 즐거움』, 정여울 지음, 홍익출판사, 2016. 10.
- 『손자병법』, 손무 지음, 유동환 옮김, 홍익출판사, 2005. 4.
- 『습관의 재발견 : 다이어트』, 스티븐 기즈 지음, 최민정 옮김, 북씽크, 2017. 6.
- 『습관의 재발견』, 스티븐 기즈 지음, 구세희 엮음, 비즈니스북스, 2014. 11.
- 『습관의 힘』, 찰스 두히그 지음, 강주헌 옮김, 갤리온, 2012. 10.
- 『시간의 놀라운 발견』, 슈테판 클라인 지음, 웅진지식하우스, 2007. 6.
- 『싯다르타』, 헤르만 헤세 지음, 박명덕 옮김, 민음사, 2002. 1.
- 『아웃라이어』, 말콤 글래드웰 지음, 노정태 옮김, 김영사, 2019. 4.
- 『아이디어와 생각 정리를 위한 다빈치 노트』, 최지은 지음, 한스미디어, 2016. 4.
- 『아주 작은 반복의 힘』, 로버트 마우어 지음, 장원철 옮김, 스몰빅라이프, 2016. 3.
- 『어떻게 읽을 것인가』, 고영성 지음, 스마트북스, 2015. 12.
- 『에디톨로지』, 김정운 지음, 21세기북스, 2014. 10.
- 『열한 계단』, 채사장 지음, 웨일북, 2016. 12.
- 『인간이 그리는 무늬』, 최진석 지음, 소나무, 2013. 5.
- 『인생의 차이를 만드는 독서법, 본깨적』, 박상배 지음, 위즈덤하우스, 2013. 10.
- 『읽기의 말들』, 박총 지음, 유유, 2017. 12.
- 『조선상고사』, 신채호 지음, 비봉출판사, 2006. 11.
- 『조선지식인의 독서 노트』, 한정주 외 지음, 포럼, 2015. 5.
- 『조셉 머피 잠재의식의 힘』, 조셉 머피 지음, 김미옥 옮김, 미래지식, 2011. 4.
- 『지식생태학』, 유영만 외 지음, 박영사, 2018. 3.

- 『창조적 책읽기 다독술이 답이다』, 마쓰오카 세이고 지음, 김경균 옮김, 추수밭, 2010. 3.
- 『책, 열권을 동시에 읽어라』, 나루케 마코토 지음, 홍성민 옮김, 뜨인돌, 2009. 9.
- 『책은 도끼다』, 박웅현 지음, 북하우스, 2011. 10.
- 『처음처럼』, 신영복 지음, 돌베개, 2016. 2.
- 『청소력』, 마스다 미츠히로 지음, 우지형 옮김, 나무한그루, 2007. 1.
- 『최강 속독법』, 사이토 에이지 지음, 박선영 옮김, 폴라북스, 2008. 8.
- 『축적의 시간』, 서울대학교 공과대학 외 지음, 지식노마드, 2015. 9.
- 『탁월한 사유의 시선』, 최진석 지음, 21세기북스, 2018. 8.
- 『탁월함에 이르는 노트의 비밀』, 이재영 지음, 한티미디어, 2008. 6.
- 『태아는 천재다』, 지쓰코 스세딕 지음, 김선영 옮김, 샘터, 2012. 6.
- 『텍스트의 포도밭』, 이반 일리치 지음, 정영목 옮김, 현암사, 2016. 7.
- 『파이브』, 댄 자드라 지음, 주민아 옮김, 앵글북스, 2018. 11.
- 『패스트리딩』, 백기락 외 지음, 라이온북스, 2012. 6.
- 『필사의 기초』, 조경국 지음, 유유, 2016. 6.
- 『하루 15분 정리의 힘』, 윤선현 지음, 위즈덤하우스, 2012. 3.
- 『학교혁명』, 켄 로빈슨 외 지음, 정민아 옮김, 21세기북스, 2015. 12.
- 『학력파괴자들』, 정선주 지음, 프롬북스, 2015. 10.
- 『희망은 길이다』, 루쉰 지음, 이욱연 옮김, 예문, 2003. 12.

참고 영상

- TED : Do schools kill creativity?(Ken Robinson)
- 세바시, 제2회 경기도 지식(GSEEK) 콘서트, 노규식 공부두뇌연구원 편

책은 꼭 끝까지 읽어야 하나요?

내 맘대로 읽어도 술술 읽히는 독서의 비밀

2019년 5월 22일 1판 1쇄 인쇄
2019년 6월 3일 1판 1쇄 발행

지은이   변대원
펴낸이   한기호
책임편집 도은숙
편집   정안나 유태선 김미향 염경원 박소진
디자인   김미란
경영지원 국순근
펴낸곳   북바이북
       출판등록 2009년 5월 12일 제313-2009-100호
       주소 04029 서울시 마포구 동교로 12안길 14 A동 2층(서교동, 삼성빌딩)
       전화 02-336-5675 팩스 02-337-5347
       이메일 kpm@kpm21.co.kr
       홈페이지 www.kpm21.co.kr

ISBN 979-11-85400-91-4 03800

· 북바이북은 한국출판마케팅연구소의 임프린트입니다.
· 책값은 뒤표지에 있습니다.
· 이 도서의 국립중앙도서관 출판예정도서목록(CIP)은 서지정보유통지원시스템
 홈페이지(http://seoji.nl.go.kr)와 국가자료공동목록시스템(http://www.nl.go.kr/kolisnet)에서
 이용하실 수 있습니다. (CIP제어번호 : CIP2019018524)